엄마 없는 농담

없는 엄마 농담

김현민
에세이

안온

차례

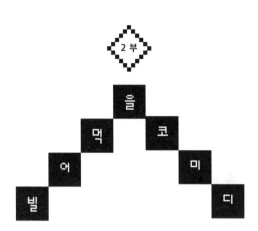

2 부

빌어먹을 코미디

3 부

농담 실격

어떤 농담은 슬프다.

어떤 농담은 웃긴데 공허하다.

엄마 없는 삶도 그러하다.

농담의 탄생

농담을 쓰는 사람의 얼굴이 정작 그 누구의 얼굴보다 진지하고 무표정하다는 것을 아시나요? 엄마를 그리워하면서도 어떻게 하면 더 웃길까 고민하는 아이러니에 책을 쓰며 몇 번이고 멈칫했습니다. 농담의 소재를 선정하는 일에 신중해진 요즘, 엄마에 대한 농담을 쓰는 일은 더 어렵고 조심스럽습니다. 마냥 웃기기만 해서는 안 되고, 마냥 슬프기만 해서도 안 되죠. 다만 저는 진심을 꾹꾹 담아내면 목표에 가 닿을 수 있으리라 결론지었습니다. 내 인생 자체가 슬픈 농담과도 같으니 자연스럽게 책에도 그것들이 묻어나리라 생각했습니다.

할머니께서는 자랑삼아 말씀하시고는 했습니다. 젊었을 적 엄마가 라디오 사연을 자주 보냈고 곧잘 선정되었다고요. 엄마도 글솜씨가 있었으니 너 또한 작가로서 자부심을 가지라는 말씀이었죠. 저는 그 라디오 사연이 어떤 내용인지 어떤 형식을 갖췄는지 모르지만, 시간을 초월한 혈육의 정 같은 것을 느낍니다. 엄마에게 글솜씨가 있었다는 사실이 제가 책을 내는 일에 위안을 주기도 하니까요. 이러한 위안을 엄마는 모릅니다. 죽은 사람에게도 라디오처럼 사연을 보낼 수 있으면 얼마나 좋을까요? 이승과 저승이 연결되는 주파수나 통신선이 있다면 제발 어느 통신사든 얼른 개통해주시기를 바랍니다.

갈수록 농담을 쓰기 더욱 어려운 시대입니다. 버겁다는 뜻은 아닙니다. 직업인의 숙명이라고나 할까요. 엄마 없냐는 말이 욕의 전형적인 프로토타입이 되어버린 지금, 저는 엄마 없는 현실을 책으로 쓰고 있습니다. 무엇이 농담이고 무엇이 농담이 아닐까요?

농담, 코미디, 엄마 같은 제 인생의 단어들을 용광로에 한데 모아 녹인 뒤 재구성하는 기분입니다. 몇 번 눈물 흘리기도 했고, 또 혼자 웃기도 했습니다. 코미디를 한다는 것은 참으로 기묘한 일입니다. 이 책에 특정한 지식이나 대단한 깨달음 같은 것은 없을지도 모릅니다. 그러나 단 한 번이라도 웃음과 슬픔에 대해 특별한 감정을 느끼신다면 소기의 목적은 달성하게 된 것입니다. 부디 편안하고 즐겁게 읽어주시면 감사하겠습니다.

엄마와 살아생전 긴 호흡의 대화는커녕 사랑한다는 말 한마디 제대로 못 했습니다. 뒤늦게 글로서 속마음을 표현한다니요. 글의 수신자는 이미 죽고 없어 모양새가 참으로 우스꽝스럽기도 합니다.

네, 농담은 이렇게 탄생하나 봅니다.

1부

엄마

없는

농담

면접 첫날에 지각이라니

　나는 길치다. 길 보는 눈이 어두워 처음 가는 길은 무조건 헤매고 만다. 내 인생의 앞길처럼 말이다. 한때 남들 다 가는 대학 입학은 포기한 채 꿈도 취미도 없이 방황하는 마음의 길치이기도 했다. 맨날 집에서 그러고 있으면 나중에 뭐 먹고 살려고 그러니…… . 나를 바라보는 우리 가족의 마음이었을 것이다. 그런 내가 SNL 막내 작가 서류전형에 합격한 사건은 어렴풋이 보이는 인생의 등댓불과 같았다. 멈춰 있던 내 심장과 희멀겋던 동공에 활력이 생겼다. 하나뿐인 취미가 직업이 될 수 있다는 가능성만으로 꿈을 이룬 듯했다.

대망의 면접 날이었다. 파주 집에서 상암동 면접 장소까지 대중교통으로 이동할 계획이었다. 종일 농담만 생각했던 나에게 돈이 어디 있었겠는가. 머릿속에 들어 있는 웃긴 아이디어는 아직 돈이 되지 않았다. 하지만 면접에만 합격하면 마침내 방송작가라는 직업으로 돈을 벌 수 있었다. 돈뿐만 아니라 거대한 사회의 일원이 된다는 사실 자체가 어두컴컴한 굴속 외톨이였던 나에게 돈으로 환산할 수 없는 가치였다. SNL은 나같이 코미디를 좋아하는 사람들이 모인 자리가 아니던가. 난생처음 소속감이란 걸 느껴볼 기회였다. 남들이 저주라고 생각하는 사회인의 톱니바퀴는 나에게 일말의 소망이었다.

우선 파주에서 상암까지 가기 위해 광역버스라 불리는 빨간 버스를 타야만 했다. 요금이 무려 2천 원이 넘는 무시무시한 이동 수단이었다. 아무래도 빨간색은 경고의 의미였을까. 나는 아르바이트 때와는 격이 다른 긴장감을 갖고 집을 나섰다. 집 밖을 나간 적이 거의 없었기에(있어도 집 주변에만 어슬렁거렸다), 버스를 타는 것만으로도 어색했다. 게다가 배차 시간이 길기로 유명한 공포의 빨간 버스라니. 마치 엄마 찾아 삼만 리 떠나는 아이처럼 나는 상암에 도착하기 전부터 마른침을 꼴깍 삼켰다. 시계를 바라보면 초침이 더욱 느리게 가는 것처럼, 목 빠지게 기다리니 버스는 더욱 오지 않았다. 지각하면 안 되는데……. 여유 있게 나왔지만 초조해지기 시작했다. 다행히 빨간 버스는 위풍당당한 풍채를 자랑하며 내 앞에 나타났다.

　나는 서울에 상경하는 시골 쥐처럼 바짝 긴장한 채로 맨 앞자리에 앉았다. 경기도 버스에는 위치를 알려주는 TV가 맨 앞과 중간에 설치돼 있었다. 나는 정류장 하나하나를 확인하며 부동자세를 유지했다. 빨간 버스는 정차하는 정거장 사이의 거리가 멀어, 한 정거장이라도 놓치면 매우 먼 거리를 돌아와야 했다. 아직이야. 빨간 버스는 도로를 질주했다. 아직 열 정거장 더 남았어. 정거장을 하나씩 지나칠 때마다 스마트폰에 나온 노선을 일일이 확인했다. 하지만 과하게 긴장을 하게 되면 오히려 일을 그르치고 마는 법. 나는 마침내 버스에서 당당히 내렸다. 마침내 상암⋯⋯이 아니었다. 주변은 온통 시골 풍경이었다. 이럴 리가 없는데, 방송국이 이런 논밭에 있다고? 버스정류장을 확인해보니 현재 위치는 화전역(한국항공대역)이었다. 젠장, 늦지 않게 내리는 데 온 신경을 쏟다 보니 너무 일찍 내려버린 것이다. 다행히 시간은 아직 남아 있었다. 화전에서 상암까지의 거리는 대략 10분. 나는 이 망할 상황과 원만하게 합의를 보고 싶었다. 침착하자, 침착하면 된다(보통 이런 말을 하면 상황이 더 안 좋아진다). 이미 머릿속이 살짝 하얘진 나는 화전이란 낯선 땅을 여행하는 이방인과도 같았다. 드넓은 서울 땅에 혼자 버려진 기분이랄까.

　잠시 후 또 다른 빨간 버스가 정류장에 멈췄다. 나는 일단 올라탔다. 휴, 참 다행이다. 상암은 바로 앞이니까 이 버스도 그곳에 들를 거야. 하지만 그건 나의 착각이었다. 미치광이 빨간 버스는 말 그대로 광란의 질주를 했다. (나의) 도착지인 상암을 그대로 지나친 것이다. 어어? 나는 눈앞에서 펼쳐지는 광경을 믿지 못했다. 버스가 멈출 생각을 하지 않는다. 심지어 이 미친 버스는 급기야 다리를 건너기 시작했다. 느닷없이 웬 물이 눈앞에 보이는 것이었다. 나는 속으로 '물이 왜 나오지?' 생각했다. 그제야 깨달았다. 물은 한강이고 나는 버스를 잘못 탔다고. 면접 장소 눈앞까지 와 놓고 도착지를 쌩 지나버린 것이다. 그야말로 된통 물 먹었다. 버스 창밖에는 원망스러운 한강이 펼쳐져 있었고, 나는 오도 가도 못 한 채 어쩌고 대교 위에 멍하니 갇혀 있었다. 최악인 건, 앞뒤로 차까지 막혀 되돌아갈 기회도 주지 않는 것이었다. 신도 참 무심하시지. 면접 첫날에 지각이라니. 내 얼굴은 새하얘졌다.

이미 면접 시간에 가까워졌고, 지각은 확정이었다. 나는 버스 맨 앞자리에서 엉덩이를 들썩들썩, 안절부절하지 못했다. 버스 기사가 이런 내 모습을 룸미러로 본 것인지, '저 자식 왜 저러나. 토하는 건 아닐까?' 하는 표정이었다. 그렇게 상암이 목적지였던 나는 어느새 여의도까지 배송돼 있었다. 버스에서 내린 나는 국회의사당을 바라보며 '죄송하지만 조금 늦을 것 같습니다'라고 문자를 전송했다. 막내 작가 지원자가 면접에 늦다니. 나는 그제야 금전적 계산 따위 집어치우고 허겁지겁 택시를 잡았다. 나를 총알처럼 상암으로 태워다줄 용사님이 필요했다. 다행히 택시는 바로 잡혔다. 백발의 할아버지가 핸들을 잡고 있다는 게 살짝 불안했지만.

그렇게 다시 택시를 타고 지나온 길을 되돌아갔다. 할아버지 기사님은 내가 방송국에 간다니까 자신도 거기 안다면서, 이런저런 자랑 따위를 시작하셨다(돌이켜보면 딱히 자랑할 거리는 아니었던 것 같다). 지금 그런 얘기가 내 귀에 들어올 리가 있겠는가. 나는 말보다 행동으로 기사님이 나를 〈드래곤볼〉의 순간 이동처럼 어서 상암에 데려다주길 바랄 뿐이었다. 그런데 너무 느리다. 할아버지라 베테랑 기사님인 줄 알았는데 경력은 초보셨나 보다. 나는 속으로 '느려, 너무 느려!'를 연발했다. 혼비백산의 상태로 시간만 확인하던 그때였다. 어디선가 쿵 소리가 났다. 할아버지의 택시가 옆 차선으로 끼어들던 도중 옆 차와 접촉 사고가

난 것이다. 이건 뭐, 신이 장난을 치는 것도 아니고. 나는 급해 죽겠는데 이건 또 무슨 서브 플롯이람! 드라마 속에서 사건이 빵빵 터지면 즐겁지만, 정작 내 인생에서 그러니 죽을 맛이었다. 그나저나 운전의 달인인 택시 기사가 어떻게 이런 사고를 내지? 곧 옆 차가 따라붙어 창문을 내렸다. 상대는 젊은 사람이었는데, "백미러!"라고 소리쳤다. 잠시 후 기사 할아버지도 창문을 내렸다. 그런데 웃긴 건 택시 기사 할아버지께서 '못 들은 척하기 스킬'을 시전했다는 것이다. 젊은 사람이 계속 뭐라고 외치자, 무술계의 고수처럼 "으잉? 뭐?"를 연발하며 마치 취권처럼 상대의 전의를 상실시켰다. 결국 사고를 당한 젊은 사람이 "에휴!" 하면서 창문을 올리고 저 멀리 가버렸다. 덕분에 나는 잠시 지각했다는 사실을 잊어버렸다. 그 순간 문자가 도착했다. 발신자는 SNL 채용 담당자(당시 막내 작가님)였다. '면접 안 오셔도 될 것 같아요.' 이렇게 끝이라고? 하지만 나에겐 항변할 말이 없었다. 면접 시간은 이미 한 시간도 넘게 지난 상황이었으니까.

요란한 서울 여행을 정신없이 마친 나는 허무하게 다시 파주로 향했다. 엄마 없는 집에 돌아와 힘이 쭉 빠진 채로 침대에 누웠다. 황금 같은 기회를 이렇게 허무하게 날려버리다니. 목숨 걸고 콩트를 쓰면 뭐 하나. 목적지에 제대로 찾아가지도 못하는 길치인걸. 그러고 보면 나는 항상 늦었다. 학업도, 연애도, 그 무엇도 남들과는 동행하지 못한 것이다. 남들이 공부하든, 놀든, 뭔가를 하는 시기에 혼자 방황했다. 그 어디에도 소속되지 못했던 내가 농담을 좋아한 이유는 웃음의 순간 그 사람들과 소속감을 느꼈기 때문이 아니었을까. 운명인 줄로만 알았던 코미디 작가로의 길은 허무하게 끊겼다. 길치가 늘 그렇듯 또다시 길 한가운데 덩그러니 놓인 것이다. 슬퍼할 체력도 남아 있지 않았던 나는 새우처럼 몸을 돌돌 만 채로 잠들었다. 얼마나 시간이 지났을까. 개운하지 못한 상태로 깼는데 핸드폰에 부재중 전화가 와 있었다. SNL 작가님의 번호였다. 정신이 번쩍 든 나는 조심스레 전화를 걸었고, 메인 피디님께서 기회를 한 번 더 주신다는 소식을 들었다. 믿

기지 않았다. 운명의 갈림길에서 구조된 것이다. 이유
는 서류로 낸 콩트 대본이 재밌어서였다니, 목숨 걸고
쓴 보람이 있었다. 그렇게 난 다음 날 죄인처럼 면접
장소에 들어가 메인 피디님과 면접인지 면담인지 모
를 과정을 마친 후 SNL 막내 작가로 합격했다.

그때 불합격했더라면 나는 어떤 삶을 살고 있을
까? 그날이 하나의 농담 같은 에피소드가 아니라 쓰라
린 탈락의 기억으로 남았다면, 지금 어떤 직업을 가지
고 있을지 도저히 상상할 수 없다. 사람의 인생은 어쩌
면 운으로 좌우되는 건지도 모르겠다. 그때 내가 일본
만담 영상을 안 봤더라면, 그 빨간 버스를 안 탔더라
면, 길치인 나에게 메인 피디님이 기회를 한 번 더 주
지 않았더라면, 나는 지금까지도 영영 길을 헤매고 있
을지도 모를 일이다. 코미디를 하겠다고 감히 꿈을 꿔
댔지만 그 꿈을 실현시켜준 건 높은 위치에 있는 메인
피디님이었다. 내 꿈을 정작 다른 사람이 이뤄줄 수도
있다니, 문득 감사하면서도 내 자신이 한없이 연약한
존재로 느껴졌다. 옆 차와 사고를 낸 택시 할아버지는

어쩌면 느긋한 운명의 천사였을지도. "이봐. 천천히 가도 인생은 어떻게든 다 풀리더라고"라는 메시지를 숨긴 채로 말이다.

　사실은 그냥 운전 못 하는 할아버지였을 테지만.

합격의 부작용

면접에 늦었는데도 합격을 해버리니

'이제부터 지각 안 해야지' 하는 다짐이 아니라

'난 지각해도 합격할 정도로 남들보다 뛰어나구나'라고

우쭐대던 시기도 있었다.

엄마 없는 농담

엄마가 죽었다. 11년 전인가, 어쩌면 12년 전인지도. 2012년 겨울에 돌아가셨으니 12년 전이 맞을 것이다. 2012년에 다른 무슨 일이 벌어졌는지 모르겠지만 내게 2012년은 그냥 '엄마가 죽은 해'이다. 엄마가 죽은 이후 나는 이방인 같다. 발붙일 데가 없는 기분이다. 항상 어딘가를 딛지 못하고 땅 위를 유유히 부유浮遊한다.

주변 사람들에게는 이 사실을 거의 알리지 않았다. 신비주의자 같은 걸 표방한 건 아니다. 엄마가 죽었다는, 대단할 게 없는 정보를 나 혼자 독점하는 이유는 단순하다. 죄책감 때문이다. 당시 아픈 엄마를 제대로 돌보지 못한 뿌리 깊은 죄책감. 지금까지도 미세한 바늘이 가슴을 쿡쿡 찌르는 느낌이다. 내 이름으로 책 한 권을 쓰기 위해 죽은 엄마를 팔고 있는 건 아닐까. 혹시 책으로 돈을 벌게 된다면 엄마와 공평하게 나눌 계획이다. 하늘에 계신 엄마에게 카카오페이 같은 걸로 쏴드릴 예정이다. (되려나?) 비율은 6 대 4로 생각 중이다. 6이 누구냐고? 당연히 나다. 엄마, 사랑은 내리사랑이라잖아요.

농담이고. 이제 죄책감에 대해 이야기해보고자 한다. 엄마는 내가 고등학생일 때 위암 진단을 받고 투병 생활을 시작했다. 나는 그때 아무런 꿈이 없고 눈빛에 생기라고는 없는 학생이었다. 그저 이 사회가 만든 폭력적인 시스템에 의해 반강제적으로 공부하는 '척' 할 뿐이었다. 그러다 스무 살 무렵 내 동태눈깔은 반짝이기 시작했다. 생기를 불어넣어준 건 코미디였다. 시작은 '일본 만담'이었다. 바다 건너 '마츠모토 히토시'라는 당시 일본의 천재 개그맨이 내뱉는 화술에 순식간에 매료되었다. 그 짧고 웃긴(나에게는 거의 예술이었던) 동영상을 보고 몸 안의 순환이 빨라졌다. 첫 번째 꿈이 탄생한 순간이었다.

코미디를 해야겠다.

독학으로 찾아냈다. 내가 다니던, 무려 UN사무총장을 배출한 명문고에서는 감히 찾지 못하던 꿈을. 꿈을 찾자 삶에 마찰이 일어났다. 당시 나는 딱히 가고 싶지 않은 대학을 목표로 재수를 하고 있었는데, 책상에 앉아 인강이 아닌 만담 동영상이나 보며 시간을 축냈으니 말이다. 코미디가 주는 웃음은 호르몬을 분출시켰다. 나는 엄마의 얼굴보다 모니터를 더 자주 봤다. 야한 동영상을 몰래 보듯 만담 동영상을 몰래 봐댔다. 아빠는 화를 냈고, 엄마는 걱정했다. 당신의 내일보다 나의 미래를 더 생각한 것이다.

중요한 건 엄마가 죽어가고 있다는 사실이었다. 시간이 없었다. 그건 바쁜 현대인의 '바쁨'과는 차원이 다른 개념이다. 내가 보았던 웃긴 동영상의 5분이 엄마의 시간표에서는 5일 정도 됐을까. 동영상의 타임라인은 얼마든지 다시 앞으로 당길 수 있지만 엄마의 시간은 어떻게 해도 되돌릴 수 없었다. 눈앞에 종료의 순간이 다가오는 것이었다. 단 한 번뿐인 인생이라는 동영상이 끝나갔다. 그 이후에는 검은색 화면만 영원히, 끝없이 지속될 터였다. 죽음의 공포에도 엄마는 항상 나를 걱정했다. 농담(코미디)으로 인해 나는 살아 있음을 느꼈지만, 엄마는 죽어가고 있었다. 농담은 모순적인 데서 온다는데 내 삶이 딱 그러했다. 농담처럼 나는 모순적이었다. 슬픈데 웃겼고, 웃긴데 슬펐다.

결국 나는 코미디 작가가 됐다. 대학 대신 코미디 쪽으로 진로를 정한 뒤 지금까지 그럭저럭 살고 있다. SNL 작가로 시작해서 경험을 쌓은 뒤, 시트콤으로 공모전에도 당선됐고, 짧은 드라마도 써봤다. 지금은 더 긴 호흡의 드라마를 준비하고 있다. 그러니까 대학에 가지 않고도 나름 잘살고 있는 것이다. 한편으론 공허함이 못내 커진다. 농담으로 먹고사는 내 모습을 보지 못한 채 죽은 엄마. 이젠 없는 엄마. 이것은 나에게 실패한 농담弄談처럼 뼈저린 고통이다. 내 몸에 채워지지 않을 커다란 구멍이 있다. 나는 이 아픔을 외면하는 대신 똑바로 응시하기로 했다. 하물며 이용할 때도 있다.

엄마 없는 게임

상대: ㅋㅋ 게임 존X 못하네. 엄마 없으심?

나: 위암으로 돌아가셨는데요. 장례식장에서 있었던 일 들려드릴
　까요?

상대: 아...님 ㅈㅅ

-OO 님이 퇴장하셨습니다.-

농담이다. 사실 요즘 게임 안 한다. 나이가 들어 자연스레 흥미를 잃은 것 같다. 슬픈 건 엄마가 죽었다는 사실도 이와 비슷하다는 것이다. 시간이 흐를수록 자연스레 옅어진다. 나도 의식하지 못하는 사이, 서서히, 조금씩…… 그저 하나의 기억으로 전환되는 것이다. 그러고 보니 엄마가 꿈에 나타난 지도 꽤 된 것 같다.

잘살고 있는 내 모습에 엄마는 안도할까. 나를 자랑스
러워할까? 조금씩 엄마를 잊어가는 나는 불효자일까?
나는 엄마가 생각날 때마다 속으로 고해성사를 할 것
이다. 그 소리가 우표 없는 편지처럼 그곳에 닿지 않을
지라도. 앞으로 잘살게요. 농담은 치유력이 있어서 상
처가 깊은 사람도 꿋꿋이 살아갈 수 있게 도와주기도
한다.

　　나는 여전히 내 일인 농담弄談이 좋다.
　　나는 여전히 엄마가 보고 싶다.
　　하지만 엄마의 얼굴과 내 죄책감의 농담濃淡은 점
점 옅어져만 간다.
　　어쩔 수 없는 일인 것 같다.
　　내 인생은, 농에서 담으로
　　흘러갈 것이다.

웃자고 하는 일에
죽자고 달려들기

이기적이지만, 엄마가 죽고 나서도 내 꿈은 오로지 한곳을 향했다. 역시나 코미디였다. 웃음의 순간은 인생이라는 병중에 이따금 맞는 진통제와 같아서 헤어나기 어려웠다. 주로 일본과 미국 콩트 영상들을 참고서처럼 보고 또 봤는데(고맙게도 한글 자막이 달려 있었다), 내용을 알고 있음에도 정교하게 짜인 농담의 덫에 매번 반응했다. 웃음이 폭발하는 그 순간은 가히 예술적이었다. 가슴이 두근거리고 시야가 찬란했다. 세상이 잠시 흑백에서 컬러로 변환되는 듯했다. 그때가 이십대 초반이었으니 지금 생각해보면 나에게 맞는

천직을 이른 나이에 발견한 것이다. 복잡한 계산 따윈 없었다. 빛을 보면 반응하는 불나방처럼 그저 설레고 좋아하는 일에 무턱대고 달려든 것이다.

하지만 엔딩 없는 이야기가 성립할 수 없듯이, 목적지 없는 질주는 허망한 결말뿐이었다. 아무리 코미디를 좋아한다 해도 관련된 직업을 갖지 못하면 한낱 취미에 불과했다. 그래서 겁도 없이 방송국 개그맨 시험을 본 적이 있다. 그것도 두번이나. 하지만 이론과 실전은 다른 법. 배워본 적 없어 엉망인 연기력으로 시험을 통과할 확률은 제로에 가까웠다. 당연히 낙방했고 방향을 잃기도 했다. 이제 나는 어떻게 해야 하는가? 코미디가 너무 좋은데, 개그맨을 할 재목은 아닌 것 같으니 말이다. 나는 배운 것도 없었고 대학 졸업장도 없었다. 바로 그때 내 인생을 바꿀 모집 공고가 운명처럼 눈에 들어왔다.

SNL 코리아 작가 모집

그때 처음으로 방송작가라는 직업에 대해 관심을 갖게 되었다. 엄밀히 말하자면 '코미디 작가'라고 해야겠지만 모두 방송작가라고 불렀다. 갈 길 잃은 어린 양은 마침내 새로운 목표물을 정했다. SNL의 막내 작가로 들어가기 위해 대본 두 편을 써내는 것. 모집 요강에 명시된 조건이었다. 나는 대학도 안 나온 데다가, 고등학교 때도 지구과학을 좋아하는 이과생이었다. 대본에 필요한 '글쓰기' 능력은 전무했다. 하지만 어쩌겠는가. 나는 원하는 것이 있다면 일단 돌진하고 보는, 좋게 말하면 불도저였고 나쁘게 말하면 뒷일 따윈 생각 안 하는 멍청이였다. 하지만 대책 없는 멍청이는 아니었다. 나에겐 수많은 코미디 영상을 보며 단련한 '코미디 근육'과 기괴한 아이디어들이 수두룩 적힌 '황금 메모장'이 있었으니까.

나는 내 취향과 파릇파릇한 영감이 축적된 황금 메모장을 열어 그중 가장 나은 아이디어를 채택해 대본을 쓰기 시작했다. 아이디어를 구체화시키고, 웃긴 상황들을 떠올리며 산책하면서도 대뜸 히죽거리기도 했다. 대본을 쓰는 과정은 대체로 흥분되고 즐거웠지만, 설렁설렁 할 수는 없었다. 콩트 하나를 완성하는데 내 영혼을 전부 갈아 넣었다. 프랑스의 수학자이자 철학자인 파스칼이 "시간이 없어 길게 씁니다"라고 편지에 썼던 것처럼, 짧은 콩트를 쓰는 것은 짧아서 되레 엄청난 공이 들었다. 초보자인 나에게는 더더욱 그러했다. 하루 종일 컴퓨터 앞에 앉아 누군가를 죽일듯한 기세로 모니터를 바라보는 날이 지속됐다. 분명 웃긴 콩트를 쓰는데 내 표정은 예민함과 불안 증세로 가득했다. 침대에 누워 잠이 드는 순간까지도 집중력을 완벽한 대본만 생각했다. 그냥 생각하는 정도가 아니라, 아이디어를 쥐어짜내며 잠들었다. 그리고 다음 날 아침 아이디어를 쥐어짜내며 침대에서 나왔다. 신개념 자가 고문법이라고 말해도 무방할 정도였다. 그러고 있자니 뭔가 웃겼다. 웃자고 하는 일에 죽자고 달려들어, '이거 안 웃기면 어떡하지?' 하며 점점 불행해지는 아이러니가.

그러던 어느 날 예상하지 못한 문제가 발생했다.

아르바이트도 안 나가고 종일 컴퓨터 앞에 앉아 있는 나를 보던 형이 한계에 다다른 것이다. 내가 한심스러웠거나 걱정됐거나 혹은 그 두 감정이 섞였는지도 모르겠다. 평소 화와는 거리가 멀었던 형이, 참다못해 나를 윽박질렀다. 정확히 떠오르진 않지만 아마도 밖에 나가서 일이라도 하라거나, 집에 있을 땐 인상 좀 펴라는 말이었던 걸로 기억한다. 나는 너무도 억울했다. 내 인생의 전부인 '코미디'를 위해 지금 내 모든 걸 걸어 '웃긴 콩트'를 쓰고 있지 않은가. 그야말로 난 여력이 없을 만큼 최선을 다하고 있었다. 남을 웃기기 위해, 내가 웃기 위해, 내가 나를 한없이 깎아 먹고 있었다. 그에 대한 보상 심리였을까? 윽박지르는 형한테 나 역시 소리 질렀다. "지금…… SNL에 모든 걸 걸었다고 오!" 오랜만에 질러보는 샤우팅이었다. 약간의 울먹임, 그리고 찌질함이 첨가된 외침. 그런데 대사가 조금 볼품없긴 하다. 형은 내 입장을 이해한다는 듯 고개를 끄덕였던 것 같다. 대체 코미디가 뭐라고. 이토록 고통을 감수하며, 발악하면서까지 거기에 매달리는 걸까?

그렇게 난생처음 완성한 코미디 대본을 이메일로 접수했다. 나는 하얗게 재만 남았다. 방망이 깎던 노인처럼 대사 하나를 썼다 지우기를 반복하고, 조금 더 맛을 살리기 위해 단어 하나와 어미까지 사포질을 해댔다. 이렇게 모든 걸 걸었기 때문일까? 서류 전형에 합격했으니 면접을 보러 오라는 연락을 받았다. 내가 선택받은 것이었다! 죽을 둥 살 둥 콩트를 쓴 보람이 있었다. 나는 즉시 형과 아버지에게 자랑했다. 경쟁을 뚫었다니, 대학도 안 가고 취업도 안 한 내가 언제 이런 기분을 느껴봤겠는가. 살면서 처음으로 '뭔가가 된다' 혹은 '내 힘으로, 내 노력으로 결과물을 얻었다' 는 느낌을 받았다. 꿈과 상관없이 한 아르바이트가 아닌 생애 첫 직업으로서, 그야말로 코미디 덕후에서 코미디 작가로서 위대한 첫걸음이었다. 히키코모리처럼 살던 나에게 면접 합격 소식은 산업혁명이자 신대륙의 발견이었고, 이제 막 달에 첫 걸음을 내딛은 닐 암스트롱의 발자국과도 같았다.

왜 하필 코미디를 좋아했을까? 이 질문에 답하자

면, 인간의 욕구는 결핍에서 비롯된다는 사실을 인정할 수밖에 없다. 나는 초등학교 시절 아주 잠깐 품은, 만화가가 되고 싶다는 소망을 제외하고는 그럴듯한 꿈이 없었다. 장래 희망란에는 그저 과학자나 천문학자를 감정 없이 기계적으로 적었다. 그 이후론 대학도 안 가고, 아르바이트만 전전하는 색 바랜 하루하루였다. 내 삶은 줄곧 흑백이었다. 말 그대로 시간을 축내고, 정해진 진로를 따라 등 떠밀리듯 필수과정을 수행한 것이다. 그 이후엔 '난 이제 뭘 해야 하지?' 같은 상태였다. 좀비와 다를 바가 없었다.

그토록 공허했던 내게 강렬한 감정, 즉 웃음이 찾아왔다. 모니터 너머로 '다운타운'(일본의 유명 개그 콤비)의 만담 영상을 본 순간, 내 삶에 색채가 덧씌워진 것이다. 웃긴 농담이 불꽃처럼 터지는 순간, 내 몸엔 생기가 돌았고 그제야 살아 있는 듯했다. 그래, 이건 분명 아트다. 오마카세에서 장인이 초밥을 내놓을 때처럼, 베테랑 코미디언이 웃음을 탄생시키는 순간은 종합 예술이라 할 만했다. 정해진 방향으로 흘러갈 것처럼 기대감과 긴장감을 먼저 조성시킨 다음, 이내 뒤통수를 때리는 절묘한 아이디어로 관객(시청자)을 무장해제시킨다. 모두의 예상을 전복시키는 것이다. 그 전복의 순간, 웃음은 도파민과 함께 통렬히 폭발한다. 어쩌면 나는 내 인생에 예상치 못한 전복을 원했는지도 모르겠다. 기대를 뒤엎어버리는 농담의 순간처럼, 무기력하게 흘러갔던 내 불행한 삶을 뒤엎는 드라마틱한 반전. 내 삶이 다르게 흘러가기를, 내 인생에 전복의 순간이 오기를 하염없이 기다린 건지도 모르겠다.

고난도 퀴즈

다음 중 코미디언은 누구를 더 증오할까?

1. 웃자고 한 말에 죽자고 달려드는 사람

2. 웃자고 한 말에 조용히 하품하는 사람

장미의 이름으로

　엄마는 위암이었다. 고등학교 2학년 때 알게 되었
는데 그땐 와닿지 않았다. 얼떨떨한 기분으로 고등학
교를 졸업했다. 엄마는 졸업식에 오지 못했다. 마땅히
뚜렷한 목표가 없음에도 나는 재수를 택했다. 지금 생
각하면 그냥 일이나 할 걸 그랬다. 일이나 해서 모자든
신발이든 아니면 맛있는 거라도 사드릴 걸 하고 후회
된다. 가장 소중했던 몇 년을 나는 코미디라는 것으로
도피해 낭비해버린 건데, 그래도 코미디로 먹고사니
하늘에서 엄마가 마음은 놓고 계실 듯하다.

　나는 불효자다. 엄마가 아팠을 때 해드린 거라곤

주유소 알바 월급으로 산 3만 원어치 파리바게트 빵, 생신 선물로 산 모자 하나, 오랜만에 집에 왔을 때 산 가래떡뿐이다. 가래떡을 사 왔을 땐 왜 사 왔는지 엄마가 물었다. 아마 "가래떡을 먹으면 오래 산대요"라는 말을 듣고 싶으셨겠지만, 나는 희한한 자존심에 그렇게 말하지 않았다. 엄마는 병원에서 같은 병실 사람들과 함께 중고로 아디다스 신발을 샀다. 엄마는 예전부터 브랜드 옷이나 신발이 없었다. 아마 당신을 꾸밀 돈을 다른 곳에 쓰는 것이 더 낫겠다는 생각이었겠지. 그런 분이 중고로라도 브랜드 신발을 샀다니, 그런 엄마에게 한 번도 새 신발을 선물하지 않았다니……. 과거로 돌아가면 하고 싶은 일이 너무나도 많다.

　가끔 행복한 순간이나 웃긴 동영상을 보며 피식피식 웃을 때, 내가 이래도 되나 싶다. 이렇게 엄마의 죽음을 글로 쓰는 일에도 모종의 죄책감을 느낀다. 죄책감은 언제까지 갈까. 조금씩 옅어지겠지만, 이 정도 추세라면 마흔다섯 살 정도에는 어떨까. 내가 방송작가로 일하는 모습을 엄마가 보셨으면 좋았을 텐데, 농담으로 먹고살 수 있다는 걸 보셨으면 참 좋았을 텐데, 라는 생각이 요즘 들어 자주 든다. 슬픈 내가 코미디를 한다는 것이 참 재미있다. 슬픈 농담은, 마치 슬픈 가사를 가진 신나는 노래처럼 진하고 사랑스러운 맛을 낸다.

비가 오던 날, 호수공원으로 산책을 나간 적이 있다. 그날도 혼자 정처 없이 걸었는데, 우연히 장미를 보게 되었다. 평소에는 꽃에 관심이 없었는데 그날따라 장미가 비를 맞아서인지 예뻐 보였다. 흡사 DSLR로 찍은 고해상도의 사진에서나 볼 법한 장미꽃 위의 물방울들. 그 예쁜 장미를 나는 엄마에게 주고 싶었다. 주변에는 아무도 없었고 나는 계속 갈등했다. 결국 나는 장미를 꺾지 못했다. 그 장미꽃을 꺾어 갔더라면, 엄마는 어떤 반응을 보였을까. 이토록 작은 사건조차 나에게는 후회로 남아 있다. 장미는 나의 죄책감이다. 그날 꽃을 꺾어, 장미에 대한 죄책감을 선택했으면 엄마에 대한 죄책감이 조금이나마 줄어들었을까. 다음 기일에는 장미꽃을 들고 가야겠다.

미리 울어버린 아이

혈액형의 뒤를 이은 MBTI의 아성은 여전히 견고하다. 그중 나는 대문자 T라는, 인간미 없음의 대표주자로 주변 사람들에게 설명되고는 한다. "너 T야? 그럴 줄 알았어"라는 말에는 '넌 공감 능력도 없고, 낭만도 없고, 상대방한테 관심도 없잖아'라는 뜻이 함축되어 있다. 사람을 고작 MBTI로 판단하다니, 참으로 어처구니없는 일이 아닌가. 물론 나는 공감보단 상황 해결을 중요시하고, 내가 관심 있는 상대의 이야기만 귀담아듣는 편이다. 그러고 보면 MBTI 이거, 은근 정확하긴 하다. 객관적이고 냉철한 INTP로서 인정이다.

어린 시절은 지금과는 달랐다. 감수성이 그 누구보다 풍부했다. 엄마는 늘 나에게 EQ가 높다고 말했다. IQ가 높다는 얘기는 안 했다. 그냥 좀 같이 엮어서 말해주시지. 어릴 적 나 역시 지금처럼 내향적이긴 했다. 역시 밖에서 누구를 만나는 것보다 집 안에서 혼자 뭔가를 만드는 일이 좋았다. 그때부터 창작에 흥미를 느꼈는지도 모르겠다. 주로 만화를 보다가 나중엔 아예 스스로 만화책을 만들었다. 새로운 포켓몬스터를 나 혼자 창조해서는 흰 종이에 연필로 만화를 그려 책으로 엮어낸 것이다. 영어 사전을 뒤져가며 이름도 붙였는데, 초등학생 딴에는 어마어마한 창작열을 불태운 것이다. 커서 엄마에게 들었는데, 그때 만화를 그리느라 살이 쪽쪽 빠졌다고 한다. 완성도에 그토록 집착하다니, 나이는 어리지만 분명 프로의 자세 아닌가? 어쩌면 그때가 내 인생에서 가장 창조적이었던 순간이었을 수도 있겠다. 내성적인 예술가 아이, 살을 내주고 마스터피스를 완성하다. 물론 보는 사람은 나 혼자였음에도 말이다. 보는 사람이 없는데도 창작을 해냈다는 것에는 이제 와 경외의 마음마저 든다. 한편으론 슬프다. 달리 말하자면 그저 친구가 없어 혼자 노는 거였으니까.

바깥 풍경보다 내 머릿속 상상이 더 재미있었다. 그래서 나가는 게 싫었다. 그중 학교에 가는 것이 특히 싫었다. 아침 일찍 일어나는 일 자체가 곤욕인데 그렇게 억지로 일어나는 이유가 학교라니. 나 같은 내향인에게 필수 교육은 고문이었다. 나는 남들과 같이 어울리는 것이 싫고 낯선 이가 두려웠다. 지금도 나는 넷 이상의 모임은 꺼린다. 네 명부터는 뭔가 '단체'의 성격을 띠는 것 같다. 그냥 세 명 이하가 좋다. 두 명이면 더 좋고, 혼자면…… 그냥 최고다. 아무튼 어릴 적 나는 아침에 눈 뜨기가 괴로웠다. 아침 시간에 방영되는 TV 만화 프로를 보며, 찡그린 눈으로 엄마가 차려준 아침을 먹었다. 그때 엄마가 주로 해주신 아침 메뉴는 핫케이크 아니면 우유에 딸기와 설탕을 넣어 만든 딸기셰이크. 학교에 다니던 중 가장 괜찮은 시간이었다. 다디단 음식을 먹어서인지, 그때만큼은 학교에 간

다는 사실을 잊고 온전히 음식과 TV에 집중할 수 있었
다. 물론 다 먹은 순간, 저승사자에 끌려가듯 등교해야
했지만.

　학교를 마치고 집에 돌아온 나는 마치 회사에서
돌아온 회사원 같았다. 사람을 대하느라 에너지를 다
쓴 채 진이 빠질 대로 빠져 다시 혼자만의 세계에 파고
들었다. 감수성이 너무도 풍부해 이유도 없는 일에 문
득 엉엉 울기도 했다. 혼자만의 슬픈 상상에 깊이 빠져
든 것이다. 예컨대 '먼 훗날 엄마 아빠가 죽으면 어떡
하지?'라는 뜬금없는 불안이었다. 그렇게 갑자기 감정
이 복받치면 나는 장롱에서 두꺼운 이불을 꺼내 바닥
에 깐 뒤 그 밑에 쏙 들어가 울었다. 엄마 없는 세상은
외로울 거야, 나 혼자가 되면 어떡하지? 하고 말이다.
논리적인 이유는 없었다. 부모님 중 누가 아픈 것도 아
니었고, 단순히 감수성이 풍부해서였다. 얼마나 가련
한 모양새인가. 이불 속에 들어가 언젠가 될지도 모를
부모님의 죽음을 슬퍼하다니. 웃기게도 엄마의 장례
식에서 나는 눈물이 나오지 않았다. 이유가 뭘까? 어

릴 적의 내가 너무 일찍 울어버렸는지도 모르겠다. 일종의 시간 여행을 한 것이 아니었을까. 어린 과거의 내가 다 큰 나 대신 미리 울어준 것이다. 시간 여행을 할 수만 있다면 이유 없이 울고 있는 아이에게 말해주고 싶다. 그렇게 미리 울 필요는 없다고. 그냥, 엄마가 해준 핫케이크랑 딸기셰이크나 맛있게 실컷 먹으라고. 그게 남는 거라고.

울음

갓 태어난 아기가 엉엉 우는 이유는 태어나는 순간 죽음 또한 확정된다는 농담 같은 진리를 깨우쳐서가 아닐까.

아니면 그냥 배고파서거나.

김정일이 죽던 날

엄마를 떠올리면 죽은 김정일이 떠오른다. 엄마의 기일과 김정일이 죽은 날은 딱 하루 차이가 난다. 엄마의 기일은 12월 16일, 김정일은 12월 17일. 김정일은 엄마보다 1년 일찍 죽었다. 엄마가 돌아가시기 1년 전쯤, 그러니까 김정일이 죽은 해에 나는 늘 그래왔듯 혼란과 방황을 겪고 있었다.

그때 나는 코미디를 한답시고 패기만만하게 서울에 갔다가 우스운 모양새로 파주의 본가로 돌아온 상황이었다. 다시 온실 속으로 들어온 것이다. 드라마나 영화에서 흔히 나오던 클리셰와 다른 현실적 전개였

다. 개그맨 시험은 두 번 연속 떨어졌고 갈 곳은 없고
꿈은 희미해졌다. 농담에 대한 애착이 떨어진 것은 아
니었지만 나의 일상은 더욱 불행해져만 갔다. 성인이
라면 응당 밥벌이라는 걸 해야 했으니 각종 아르바이
트에 임했는데, 그 일들은 나와 좀처럼 맞지 않았다.
나는 잘못 끼워진 톱니바퀴처럼 어설펐다.

어쩌면 그래서 농담과 궁합이 잘 맞았는지도 모르
겠다. 웃음이란 건 자연스러운 상황을 부자연스럽게
만들 때 생겨나곤 하니까. 남들과 스스럼없이 잘 어울
려서는 즐겁고 가벼운 잔웃음 밖에 나오지 않을 것이
다(물론 일부 천재적인 농담을 제외하고는). 자꾸만 예상
치 못한 상황이 발생하면 더 폭발적인 웃음이 발생할
확률이 높다. 물론 코미디에서 그렇다는 것이다. 현실
에서는 웃음 아닌 분노가 발생한다. 마트에서 아르바
이트를 하면서도 수입 맥주와 국산 맥주를 구분하지
못했던 나를 예로 들 수 있다. 나는 그때까지 누군가와
맥주를 먹어본 적도 없었고 뭐가 국산이고 뭐가 수입
인지도 몰랐다. 그래서 책임감 없게도 모든 맥주를 죄

다 국산 코너에 몰아넣었다. 멀리서 봤을 땐 찰리 채플린의 영화처럼 웃긴 상황이겠지만, 담당자는 크게 한숨을 쉬었다. 그곳에서 나는 코미디 속에서나 존재해야 할 어설픈 사람이었다. 그저 농담거리에 어울릴 만한 모자란 사람.

그러나 아르바이트가 내가 할 수 있는 전부였다. 학력은 고졸에 성격은 극히 소심하고 할 줄 아는 건 없었다. 파주에서 난 궁지에 몰렸다. 현실이 싫었고, 농담이 좋았다. 농담이 있는 컴퓨터 앞에 점점 더 매몰됐다. 히키코모리란 말에 딱 어울리는 사람이었다. 쓰레기를 버리러 가는 동안 아무와도 마주치지 않기를 바랐다. 사람들이 두려웠다. 웃음거리가 될 것만 같았다. 그러는 와중에 엄마가 점점 죽어가고 있는 줄도 모르고, 나는 될 수 있는 대로 방 안에 박혔다. 아픈 엄마는 엄마의 방에서 날 기다렸겠지만, 난 내 방에서 마음의 문을 닫고 있었다. 엄마의 목숨보다 내 자존심이 먼저였다. 그때 나에게 웃음은 현실 밖에 존재했다. 현실은 그저 그렇고 유치한 것이고, 농담은 희귀하고 진귀한 것인 줄로만 알았다. 가장 후회되는 지점이고, 가장 돌아가고 싶은 시점이다.

매일 악순환이었다. 나는 패륜적인 나의 모습을 부정하기 위해 더욱 농담에 집착했다. 한없이 초라한 내 모습을 보이기가 싫었다. 번듯하게 성공한 모습을 보여주고 싶었다. 난 아르바이트나 하고 있을 사람이 아니야, 두고 봐. 나는 곧 크게 성공할 테니까. 이렇게 현실을 도피하느라 엄마의 방에 거의 들어가지 않았다. 그 문을 여는 건 지금의 하찮은 내가 아니라 미래의 자랑스러운 아들이고 싶었다. 문제는 엄마에게 시간이 없었다는 사실이었다.

2011년 12월 17일 즈음 엄마는 걷기조차 힘겨워했고, 나는 그날도 방황하고 있었다. 일을 나간다고 거짓말을 해놓고 그저 아파트 단지를 걷고 있었던 것 같다. 핸드폰으로 김정일이 죽었다는 뉴스를 접했다. 세상은 떠들썩했고, 진돗개 경보가 발령됐는지 안 됐는지는 모르겠지만 경보할 만큼 혼란스러운 건 내 마음이었다. 사춘기도 훌쩍 지났는데 아직 내겐 진로가 없었다. 코미디로 먹고살기는 글렀다고 생각했다. 그렇다면 난 무얼 해야 하는가? 인생이 가장 위험할 때는 일이 힘들 때가 아니라 뭘 해야 하는지 모를 때였다. 내 영혼은 죽어 있었고, 엄마는 방에서 1초마다 죽음 쪽에 가까워졌겠지.

그즈음 엄마는 나에게 운동을 갈 것이니 부축해달라고 먼저 말했다. 엄마가 하는 운동이란 아파트 계단을 천천히 올라가기였다. 엄마를 부축하며 한 칸 한 칸 올라가는 동안 나는 아무 말도 하지 않았다. 도중에 청소부 아주머니가 엄마에게 말을 걸었지만, 그때도 나는 침묵했다. 내가 엄마에게 창피한 존재라고 생각했다. 엄마는 아픈 몸으로 가파른 계단을 올라갔지만, 연약한 마음으로 얕은 계단에 넘어져 있었다. 그렇게 엄마와의 계단 오르기는 말없이, 조용히 끝났다.

지금 난 그때는 상상하지 못한 가파른 계단을 어느 정도 올라온 듯하다. 그러나 이 계단 위에 엄마는 없다. 난 죄책감에 짓눌려 살아가는 벌을 받고 있다. 그때 엄마는 방 안에서 뭘 하고 계셨을까? 아들이 긴 방황 끝에 자신의 방에 들어오기를, 거친 숨을 내뱉으며 기다리고 있진 않았을까? 죄책감을 떠올리면 김정일이 함께 떠오른다. 난 간첩도 아닌데 이거 뭐지.

죽어서도 세습

음식을 남기면 나중에 죽어서 비벼 먹는다는 이야기가 있다.

북한 인민들은 생전 남긴 게 없어 죽어서도 굶는다는 말이다.

한편 북한의 김씨 일가는 지옥에서 비빔밥 프랜차이즈로 대박이 났다고 한다.

삶은 죽어서도 불공평하다.

콤플렉스 재벌

나의 청춘은 수많은 콤플렉스로 점철되었다. 병치레가 많은 사람을 걸어 다니는 종합병원이라 칭하는 것처럼, 나는 기어다니는 복합 콤플렉스였다. 윤기 없고 곱슬거리는 머리카락, 살이 붙지 않는 깡마른 몸, 팔과 다리며 심지어 가슴까지 온몸에 수북이 자라나는 털, 작은 목소리와 분명치 않은 발음은 물론이고 과민성대장증후군도 콤플렉스였다. 이것들은 '병'으로 쳐주지도 않아 치료는 불가능했고 그저 혼자 끙끙 앓는 시간을 보낼 뿐이었다. 그렇게 내 청춘은 콤플렉스와 전쟁을 치렀고, 내 얼굴은 항상 빨개져 있었다.

사춘기에 접어든 내게 가장 큰 적은 털이었다. 마른 몸도 부끄러운 요소였지만, 또래 중에 마른 아이는 나 말고도 몇몇 있었다. 하지만 나만큼 털이 많은 사람은? 주변에서 아니, 동양 사람으로 범위를 넓혀도 찾기 힘들었다. 팔다리뿐 아니라 어깻죽지에도 털이 났다. 아기장수 우투리처럼 멋있는 날개라도 있으면 모를까, 고작 몇 가닥의 털은 미간을 찌푸리게 했다. 특히 체육 시간이 고통스러웠다. 체육복으로 갈아입기 위해 교복 바지를 벗으면 수북한 다리털이 잠시 노출되었고 나는 그 시간이 다가오는 것이 너무나 싫었다. 실제로 내 다리털을 놀리는 친구는 없었지만, 다른 종족을 보는 것 같은 시선은 느껴졌다. 그래서 체육복을 입을 때 상의를 먼저 갈아입은 뒤, 만반의 준비를 마치고 마치 닌자처럼 눈 깜짝할 새에 바지를 갈아입곤 했다. 나는 남의 시선에 도망치듯 산 것이다. 대체 털이 뭐라고. 남들 다 기다리는 체육 시간이 나에겐 열병과도 같았다. 체육 시간이 있는 전날 밤부터 걱정이 시작되는 것이었다.

어느 여름날이었다. 여름이라 그런지 나의 털도 잡초처럼 무성히 자랐다. 나의 자격지심은 좀처럼 낫지 않았고, 오히려 콤플렉스에 진절머리가 난 상태였다. 그래서 결심했다. 면도기로 다리털을 온통 밀어버리겠다고. 아니, 그건 결심이 아닐지도 모른다. 쫓기듯 도망치다가 포기한 걸지도. 콤플렉스의 뿌리인 털이 없어지지 않는 한 나의 스트레스는 없어지지 않으리란 걸 직감한 모양이었다. 그렇게 나는 집에서 다리에 비누칠을 한 채 그 위를 면도기로 북북 밀었다. 잠시 후 매끈한 다리가 각선미를 뽐내며 형체를 드러냈다. 나는 놀라웠다. 이게 나의 다리라니, 나의 다리도 이런 매끈한 모양새를 낼 수 있었다니.

하지만 충동적인 행동은 부작용을 낳는 법이었다. 다음 날 체육 시간이 되었고 매끈한 나의 다리를 본 친구들은 경악을 금치 못했다. 햇빛 아래에 비친 나의 맨 다리는 매끈하기보다는 불편한 모양새를 하고 있었으니까. 막 면도를 마친 얼굴처럼 털구멍에 송송 박힌 검정 샤프심들은 썩 보기 좋은 모습이 아니었다. 그때 깨달았다. 콤플렉스는 온전히 제거할 수 없다는 것을. 뿌리째 뽑을 수 없고 평생 동반자로 함께 살아야 한다는 것을. 그렇게 털과의 전쟁은 나의 패배로 끝났다. 그의 존재를 인정하고 받아들이기로 했다. 나쁜 점만 있는 것은 아니었다. 팔다리의 털 덕분에 여름철 모기에 잘 안 물리는 것 같기도 하다. 철저한 방어막 이 모기조차 열 받아 다른 먹잇감을 찾아 떠나버리게 하는 걸까.

몸에 난 털만큼 강력하지는 않지만, 잔잔히 오래도록 지속된 콤플렉스는 마른 몸과 곱슬머리였다. 나의 곱슬머리를 본 미용사들은 당황한 표정을 지었고, 푸석한 머리카락 때문인지 분무기에 담긴 물을 축축해질 만큼 유난하게 뿌려댔다. 우선 곱슬머리는 뭘 해도 멋이 안 난다. 푸석푸석한 모양새와 뒤엉킴 때문에 모양을 잡을 수도 없을뿐더러, '헤어스타일'이란 것을 도저히 낼 수가 없다. 그냥 스타일이 없는 것이다. 한때 멋을 내고 싶었던 나는 미디어에서 본 멋쟁이들처럼 가르마를 타고 싶어 왁스로 앞머리를 넘기고 다닌 적이 있는데, 지금 그 사진을 보면 주먹으로 한 대 치고 싶다. 볼륨감 있게 컬이 형성된 게 아니라 그냥 냅다 옆으로 넘긴 앞머리. 누가 봐도 2 대 8 가르마였다. 그리고 역시 깨달았다. 곱슬머리로는 멋을 낼 수 없다는 것을. 그나마 할 수 있는 건 최대한 머리카락을 짧게 잘라 곱슬머리라는 나의 정체성을 거세하는 것뿐이었다.

마른 체형에 대한 콤플렉스는 유구한 역사를 자랑한다. 학교 생활을 시작하고 지금까지 나는 '말랐다'는 말을 귀에 못이 박히도록 들었다. 몸무게를 사유로 공익근무요원 판정까지 받았으니 '마름'은 나의 또 다른 정체성이었다. 유독 이해되지 않는 것은, 거의 모든 사람이 '말랐다'는 말을 서슴지 않고 한다는 사실이다. '밥 좀 적당히 먹어'라는 말보다 '밥 좀 먹어라'라는 말은 상대방을 위해 하는 뜻이니 허용되는 걸까? 마른 사람들은 꽤 주기적으로 사람들이 던진 가벼운 돌에 맞는다. 몸이 말라 스트레스인 나는 그 스트레스 덕분에 또 다시 살이 빠진다. 그야말로 악순환.

요즘은 근본적인 걱정을 가끔 한다. 이러한 콤플

렉스가 담긴 유전자를 나중에 내 자식이 물려받으면 어쩌나. 사실 내가 어찌할 수 없는 부분이다. 그저 현대 기술이 발전해 그것들을 최대한 없앨 수 있기를 간절히 기도할 뿐이다. 지금도 나는 살이 찌기 위해 헬스장에 다니고, 가끔 미용실에 가 곱슬머리를 편다. 또 숱을 쳐주는 미용 기구로 다리털을 관리해주기도 하고, 과민성대장증후군을 완화하기 위해 매일 아침 냄새가 고약한 양배추 즙을 마신다. 그런 관리 덕분인지 요즘엔 콤플렉스를 거의 느끼지 않는다. 그냥 이렇게 살아야지 하고 내려놓기도 했다. 그러나 한 가지 씁쓸한건 콤플렉스를 더 이상 신경 쓰지 않는다는 게, 곧 나의 여름이 끝났음을 알려주는 것 같아서다. 콤플렉스는 사라졌고, 그와 함께 나의 청춘은 끝난 것이다. 아아, 빌어먹을 청춘.

파우스트

메피스토 : 너에게 콤플렉스를 팔겠다. 평생 불행하게 남의 비웃음이나 당하며 살겠지.

파우스트 : 콤플렉스? 그런 걸 누가 사?

그러자 근처를 어슬렁거리던 한 사람이 싱글벙글 웃으며 손을 번쩍 들었다.

코미디언 : 그거 얼마입니까?

내 인생 최초의 도파민

나는 늘 잔잔한 성격이었다. 집에선 그래도 활발했지만, 밖에 나가면 입을 꾹 다물고 있는 조용한 아이였다. 초등학생 때는 쉬는 시간에 그저 교실 바닥을 가만히 바라보며 나만의 온전한 고요를 즐겼다. 가만히 앉아 상상력으로 허공을 채웠다. 혼자 머릿속에 가상의 선을 만들어 교실 책상 사이의 틈을 메우기도 했고, 우주 만화 같은 공상을 즐기기도 했다. 그렇게 나 혼자 오락거리를 즐겼을 뿐이지만, 같은 반 아이들에게 조금 무서워 보였을지도 모르겠다. '쟤는 쉬는 시간 내내 암석처럼 가만히 있어!'라고 말이다. 그것이 어린 나

를 즐기게 한 도파민이었다. 낮을 가리다 못해 타인을
필요로 하지 않는 1인용 게임을 자체 제작한 것이다.

하지만 나만의 머릿속 가상 현실에 영원히 살 수
는 없었다. 어린 나의 세계관은 좁고 한계가 있었다.
그런 나에게 만화와 게임이 도파민 충전소가 되어 주
었다. 가장 좋아한 것은 〈포켓몬스터〉였다. 무려 전기
를 내뿜는 쥐와 염력을 쓰는 나비가 나오지 않나. 그런
엄청난 생명체가 100마리도 넘는다. 현실에서 사람이
랑 노는 것보다 가상 세계에서 151마리 포켓몬스터와
노는 게 훨씬 더 재미있었다. 잠을 자고 난 뒤 다음 날
눈을 감았다 뜨면 현실에도 포켓몬이 짠, 하고 나타나
길 간절히 바랐던 적도 있었다. 물론 무심하게도 세상
은 변함없이 어제와 똑같은 풍경이었지만.

디지털 세상 속에서만 도파민을 경험한 것은 아니
었다. 상당히 건전하고 정통적인 게임에서 즐거움을 얻
기도 했다. 바로 장기였다. 아빠로부터 전수받은 장기
라는 놀이는 포켓몬만큼이나 드넓은 세계관을 내게 선

사했다. 게임이나 만화와는 다르게 손으로 만져지는 묵직한 원목 장기판과 빨간색, 초록색 싸구려 잉크가 묻은 장기 말은 또 하나의 들판이었다.

장기는 세계의 압축판 같았다. 졸卒은 한 칸씩 앞으로만 전진할 수 있다. 인생으로 치면 돌이킬 수 없는 선택과도 같다. 포包는 앞에 기물이 있어야 뛰어넘어 갈 수 있다. 인간이라면 홀로 존재할 수 없고 다른 사람의 도움을 받아야 하는 이치와도 같다. 두 개의 사士는 왕을 지킨다. 일정 범위 내에서만 움직일 수 있다. 자식을 위해 선택을 포기하고 헌신하는 부모와도 같다. 차車는 일직선상에서 원하는 만큼 쭉쭉 움직일 수 있다. 원하는 인생을 선택할 수 있는 타고난 금수저라 할 수 있다. 젠장.

어린 내가 그런 복잡한 의미까지 생각한 것은 물론 아니었다. 그냥 내가 장기판의 장군이 되어 전술을 펼치다가 결국엔 아빠를 이기는 재미가 좋았다. 이야기의 기본 골격인 '시련 끝의 승리'가 달콤했다. 장군과 멍군의 반복은 주인공에게 주어지는 위기와 극복

처럼 느껴졌다. 패색이 짙어졌을 때 생각이 길어지면
맞은편에 앉은 아빠가 "장기 두는 사람 어디 갔나?" 말
했다. 그때는 온 신경을 집중해 살아날 구멍을 찾게 된
다. 교실에서 나 혼자 빈 공간을 바라보며 했던 혼자
만의 놀이가 여기서 도움이 된다. 어쩌다 짜릿한 역전
승을 거머쥐면 도파민이 솟구쳤다. 나보다 서른 살은
더 많은 어른을 이겨서 그토록 짜릿했을까. 어떤 세계
든 이야기 속 주인공이 된다는 것은 엄청난 일인 것이
다. 하지만 이야기의 반전을 그때는 왜 몰랐을까. 사실
은 아빠가 이길 듯 말 듯 경기의 고삐를 움켜쥐다 끝내
일부러 져줬다는 사실을 말이다. 아빠는 나보다 더 고
차원의 도파민을 남몰래 즐겼던 것이다.

　　아빠는 특이한 훈육법을 갖고 있었다. 내가 하루
종일 집에서 게임기만 붙잡고 있자 더 이상 지켜보지
못한 아빠가 특단의 선택지를 내민 것이다. "그냥 게
임 그만할래, 아니면 맞고 계속할래?" 상당히 가혹한
선택지가 아닐 수 없었다. 그러나 그 아빠에 그 아들인
걸까. 나는 후자를 선택했다. 맞고 게임하기. 합리적인

아빠는 내 선택을 듣고는 화장실에서 대걸레로 내 엉덩이를 몇 대 때린 뒤 게임을 할 수 있는 자유시간을 주었다. 나는 울면서 게임을 계속했다.

차갑고 무뚝뚝해 보이는 아빠도 따뜻하고 장난스러운 면이 있었다. 내가 아주 어렸을 때의 크리스마스였다. 무릇 크리스마스라면 나이와 상관없이 설레기 마련이지만 그날은 더욱 특별했다. 소풍날 일찍 눈이 떠지는 것처럼 그날 아침부터 거실에 걸어 나왔다. 크리스마스가 좋았다기보단 선물이 궁금했을 테다. 그런데 아무리 찾아봐도 선물은 없었다. 이럴 리가 없는데, 어린아이한테 크리스마스 선물은 당연히 줘야 하는 건데. 하지만 엄마 아빠는 선물을 '잘 찾아보라고' 말했다. 마치 보물찾기처럼 집 안 어딘가에 선물을 숨겨놓은 것이다. 그 순간 행복 도파민이 폭발하면서 선물을 찾기 위해 집 안 곳곳을 살폈다. 선물은 식탁 밑에 있었다. 우주선 레고 장난감을 식탁 밑에다가 테이프로 어설프게 붙여놓은 것이다. 포장지에 가려져 내용물이 뭔지도 몰랐지만 그때가 가장 순수하고 행복

했던 크리스마스였던 것 같다. 선물은, 그러니까 행복
은 막상 손에 넣었을 때보다 그것을 찾는 과정에서 진
가를 발휘하는 듯하다.

　내향적이던 아빠가 내게 선사한 또 다른 도파민
은 뽑기였다. 문방구 앞, 동전을 넣으면 플라스틱 캡슐
이 나와 그 안에 장난감을 가질 수 있었다. 어떤 특별
한 날이었는지는 기억나지 않는다. 사냥터에 나가는
부족장처럼 큰 가방을 챙긴 아빠는 형과 나에게 '뽑기'
하러 가자고 말했다. 그것도 그냥 뽑기가 아니었다. 평
소 100원을 넣고 한두 개씩 감질 맛나게 겨우 하던 뽑
기를, 무려 몇만 원어치 하고 싶은 만큼 뽑을 수 있게
해주겠다는 아빠의 '플렉스'였다. 형과 나는 신이 나서
동네에 있는 뽑기 기계를 장악하기 시작했다. 마르지
않는 샘물처럼 100원을 넣고 캡슐을 뽑고, 넣고, 다시
뽑는 행위를 반복했다. 그렇게 점점 아빠의 가방이 캡
슐로 수북해졌다. 심지어 한 곳을 휩쓸고선 다음 장소
로 이동해 그곳에서 다시 '도파민 뽑기'를 반복했다.

　무엇을 뽑았는지도 기억나지 않는다. 그저 캡슐로

가득 차 불룩한 가방의 이미지만이 머릿속에 남아 있다. 지금 생각해보면 그날 도파민을 가장많이 쏟아낸 사람은 어린 내가 아닌, 그런 나를 보는 아빠가 아니었을까.

영화와 드라마

보통 엄마와 달리 아빠는 사랑한다는 말을 좀처럼 하지 않는다.

그러니까 엄마는 드라마, 아빠는 영화와 같다고 할 수 있다.

드라마는 청각적이고 영화는 시각적이니까.

중요한 건 영화와 드라마 둘 다 언젠간 끝난다는 사실이다.

불면증(인 줄 알았던 것)에 대해

나는 커피를 달고 살았다. 회의할 때마다 아메리카노를 링거처럼 매달고 다녔다. 노트북과 아메리카노는 회의 중 '필수템'이었다. 둘 중 하나만을 골라야 한다면 아메리카노다. 노트북이 타이핑의 효율을 빠르게 해준다면, 아메리카노는 생각의 효율을 빠르게 해주니까. 마치 마법의 물약처럼 혈관에 커피가 들어가면 이런저런 아이디어가 번뜩 떠올랐다. 카페인 덕에 괜스레 기분이 좋아지는 건 덤. 달리 말하면 심각한 중독이었다. 활력이 없어 커피를 찾았더니, 커피가 없으면 거의 좀비가 되었다. 그렇게 내 인생에 커피가 없으면 안 되는,

'호모 카페인스'의 시대가 도래한 것이다.

나의 커피 생활은 형이 선물해준 캡슐 커피 머신으로 시작 되었다. 이젠 집에서도 직접 아메리카노를 내려 마실 수 있는 시대, 영롱하게 빛나는 보라색 커피 캡슐을 바라보면 나도 몰래 흐뭇해졌다. 커피는 일종의 의식이었다. 작업을 하기 전 시동을 거는 행위랄까. 지이잉 소리와 함께 머그잔에 커피가 내려오면 파블로프의 개처럼 본능적으로 몸과 마음은 작업 준비에 돌입했다. 윤동주 시인의 시처럼 별 하나에 추억, 별 하나의 어머니, 캡슐 하나에 작업, 캡슐 하나에 농담이었다. 집중이 안 되는 날이면 연달아 석 잔을 마시기도 했다. 피를 흡혈하는 뱀파이어도 그 모습을 봤다면 고개를 절레절레했을 것이다. 커피 수혈이 너무 과했다. 그리고 과한 것은 부작용을 낳는다.

커피의 장점은 놀랍게도 그것의 단점과 곧바로 연결되었다. 아메리카노를 마시면 아이디어가 잘 떠오르는데, 이것을 먹지 못하면 아이디어가 좀처럼 안 떠오르니 평상시에는 바보가 되었다. 결국 머리가 빠릿 빠릿 잘 돌아가는 상태가 되기 위해 다시 커피에 손을 내밀게 된다. 반복, 또 반복. 젊음을 위해 악마에게 영혼을 판 파우스트처럼, 아이디어를 위해 커피에게 나를 판다. 내가 커피를 마시는 건지, 커피가 나를 마시는 건지 모를 지경. 커피가 없으면 안 되는 몸이 돼버린 것이다. 이쯤 되면 여름철 모기가 심지어 내 턱까지 뚫고 피를 빨고도 왜 쉬지 않고 앵앵댔는지 이해가 간다. 내 피에 가득 든 카페인으로 모기마저 각성 상태로 날아다녔던 것이다.

달고 다니는 게 커피 말고 하나 더 있었다. 바로 불면증. 커피와 불면증이라니, 지금. 이렇게 나란히 보면 둘 사이의 연관성이 명확한데 그때는 몰랐다. 하루에 커피를 서너 잔 마시고도 그냥 하루 종일 앉아만 있어서 잠이 잘 안 오나 보다 생각한 것이다. 나는 보통 새벽 3시에 자서 아침 10시가 넘어 일어났다. 미라클 모닝을 해보는 것이 꿈이었는데 알람을 맞춰놔도 도저히 눈이 떠지지 않았다. 난 왜 이럴까, 자괴감이 들었다. 10시 훌쩍 넘어 일어나면 게으른 사람이 된 기분에 남은 하루가 찝찝했다. 잠을 개운하게 자지 못하니 또 커피를 찾았다. 회의 시간에 잘 순 없으니까. 그렇게 커피의 늪에 빠져들수록 생활 패턴은 점점 더 망가졌다. 밤이 길고, 아침은 없는 삶. 상당히 찌뿌둥한 삶이었다.

알람을 맞춰놓고 그 시간에 못 일어나는 패배적인 생활이 반복됐다. 내가 세운 기준에 미달되는 하루의 연속이었다. 스스로를 갉아먹으며, 나날이 자존감이 떨어졌다. 고작 아침에 일어나는 게 어렵다니. 하루의 시작조차 내 의지대로 못 하면서 어떻게 인생을 주체적으로 살겠는가. 나는 일찍 자고 일찍 일어나는 갖가지 방법을 찾았다. 낮에 많이 걷기도 했고, 야식을 끊기도 했다. 그런데 걷기는 체력만 축낼 뿐이었고, 야식을 먹지 않으니 배고파 잠이 오지 않았다. 결국 또 다음 날 새벽 3시 취침, 오전 11시 기상. 내가 이토록 게으른가, 자괴감이 깊어졌다.

불면증의 밤은 의외로 간단히 해결됐다. 커피를 하루에 단 한 잔, 오전에만 먹는 습관이었다. 그제야 커피가 문제였다는 것을 인지한 것이다! 낮에 마신 커피 때문에 밤에 잠이 안 올 수 있다는 걸 미처 몰랐다. 아니, 외면했다. 커피 없는 삶을, 카페에서 주문할 때나 캡슐 커피를 타 먹을 때의 설렘이 사라지는 것은 상상도 하기 싫었으니까. 해결책을 발견하니 허무해졌다. 아침형 인간이 되기 위해 발버둥을 쳤는데 이토록 간단히 해결되다니. 내가 게으른 게 아니라 정직한 자연의 섭리에 의해 신체가 카페인을 부둥켜안고 울부짖었던 것이다. 일주일 동안 커피를 하루에 한 잔만 먹으니 거짓말처럼 밤에 잠이 왔다. 수면의 질도 좋아졌다. 알람을 맞춰 놓은 시간에, 심지어는 몇 분 전에 눈이 저절로 떠졌으니까. 그렇게 나는 '호모 카페인스'에서 벗어나 다시 보통의 호모 사피엔스가 되었다. 해가 뜰 때 일어나 사냥(작업)을 하고, 해가 지면 뇌를 멈추고 잠에 드는 삶.

거기에 커피를 하루 중 아침에만 딱 한 잔 마시니까, 그 한 잔이 더욱 소중해져 맛과 향도 더 잘 느껴졌다. 세 잔 먹던 커피를 한 잔으로 줄이니 마치 엑기스를 먹는 것도 같았다. 카페인과 불면증. 이런 간단한 문제를 복잡하게 생각해 빙빙 돌아 해결했다. 불면증은 무슨. 실제로 불면증에 시달리는 분들이 들으면 기함할 사연 아닌가. 내 고질병은 알고 보니 감기 같은 것이었다. 밖에서 돌아온 뒤 손 씻으면 안 걸리는 그런 잡범 같은 존재 말이다. 얼마나 또 있을까. 덕지덕지 피부처럼 붙어 있는, 그래서 내가 보지 못하는 내 안의 또 다른 고질병이.

카페인의 모순

불면증을 해결하기 위해 컴퓨터로 '잠 잘 오는 법'을 검색했다.
나는 내용에 더 집중하기 위해 커피를 한잔 내려 먹었다.

이제 잠 잘 오는 법은 배웠지만 커피 때문에 잠은 더 안 온다.

젠장.

그해 겨울

브런치북 프로젝트 수상작에 '엄마 없는 농담'이 떡하니 걸려 있는 것은 내게 일종의 고백이었다. 돌이킬 수 없는 사실을 주변 사람들에게 말해야 했으니까. 수상 소식을 공공연하게 알리는 일은 다음과 같이 선언하는 느낌이었다.

"호외요 호외, 저 엄마 없어요!"

그 소식에, 지인들은 진심으로 축하해주었다. 뭔가 기분이 이상했다. 출판사와 연락을 주고받고, 며칠 뒤에는 직접 만나 내 당선작에 대해 이야기를 나누면서 비로소 실감이 났다. 출판 계약서에 사인까지 하고 나니 '정말로 내가 책을 내는구나' 하는 기쁨과 함께 '출간하려면 원고를 세 배나 더 써야 한다고?' 하는 슬픔이 동시에 찾아왔다. 그날부터 나는 토크쇼를 준비하는 연예인처럼 다급히 내 인생의 재미난 에피소드들을 떠올리기 시작했다. '좀더 나대면서 살걸' 하는 후회가 들기도 했다.

할머니는 당선 소식에 나보다 더 기뻐했다. 당선 소식을 알려드리자마자, 할머니는 나를 대작가 취급하기 시작했다. 내년에 책을 낸다고 하니 할머니에게 나는 조정래 작가가 되어 있었다. 그런 대단한 작가가 된 것은 아니라고 손사래 쳤지만 할머니에게 나는 이미 대문호였다. 얼떨결에 나는 유재석의 에피소드와 단테의 《신곡》이 버무려진 희대의 명작을 단 몇 개월 만에 써야 하는 작가가 돼버린 것이었다. 역시 할머니는 손자를 너무 사랑한다.

엄마의 기일은 당선작 발표 4일 전이었다. 당선자들에겐 미리 당선 소식을 알렸기에, 나는 그때 이미 '엄마 없는 농담'으로 대상을 받았다는 사실을 안 뒤였다. 한파가 몰아쳤던 엄마의 기일, 우리 가족은 파주 용미리까지 찾아가 엄마를 뵈었다. 수목장 명패가 새것으로 교체돼 있었다. 죽은 사람들의 이름에 묵은 세월을 걷어내고 다시 새것처럼 꽃단장을 해준 것이다. 아빠는 수목장의 이런 모든 행위는 '산 사람'을 위한 것이라고 말했다. 우리는 꽃가게에서 산 조화를 엄마가 (대략) 누워 계신 곳에 올려놨다. 그나저나 엄마는 어디에 계신 걸까? 땅속에 누워 계신 걸까, 흔히들 죽은 사람이 간다는 하늘에 계신 걸까? 아니면 우주의 모든 곳에 계신 걸지도 모르겠다. 진부하지만 별이 되셨으면 좋겠다고 생각한다. 아무래도 눈에 보여야 마음을 달랠 수 있을 것 같다.

수목장을 떠나며 나는 속으로 엄마를 팔아 입신양명했다며 사죄와 함께 당선 소식을 전했다. 엄마를 뵙고 내려오는 길에 고양이 한 마리가 보였다. 고양이는 배가 고픈지 울고 있었다. 이 사나운 날씨는 또 얼마나 추울까. 문득 죄책감이 들었다. 이제는 엄마가 아니라 눈앞의 고양이가 더 눈에 밟힌다니. 다시 한번 사죄를

올렸다. 이젠 바래버린 슬픔에 대해서.

당선 소식에 며칠을 들뜬 기분으로 살았다. 가족과 소고기도 먹고, 지인으로부터 축하도 받는 그런 나날. 며칠이 지나니 (당연하지만) 다시 현실로 돌아오게 되었다. 사실 나는 이전과 그대로 나일 뿐이었으니까. 그 뒤로 당선의 기쁨은 주어진 기회에 묵묵히 남은 원고를 써내야 한다는 마음으로 교체됐다. 어쩌면 기쁨도 슬픔처럼 금방 적응이 되는 건지도 모르겠다. 결국 모든 건 스쳐 지나가는 일이니까.

그해 겨울, 그녀와 이별했다. 오래 사귄 것도 아닌데 자꾸만 생각나는 것은 그만큼 그녀를 많이 좋아해서겠지. 여름에 만난 그녀는 겨울눈처럼 하얬는데, 그녀랑은 어딜 가든 뭘 하든 상관이 없었는데……. 그녀를 만나러 갈 때면 브런치북 당선 소식을 들었을 때만큼 도파민이 솟구쳤다. 히어로 영화처럼 천연적이고 초인적인 힘이 솟아나는 것 같았다. 모든 순간이 그 정도로 행복했었나 보다.

엄마가 유언도 없이 죽음을 통보한 것처럼, 그녀

도 갑작스레 이별을 통보했다. 덕분에 내가 가장 기대하는 날인 크리스마스를, 감정이 뒤죽박죽 섞여버린 채 우울하게 보냈다. 당선의 기쁨과 이별의 슬픔이 버무려진 것이다. 이를 찬란한 슬픔이라고 할 수 있을까. 우중충한 기쁨이라고 해야 할까. 농담 같은 상황에 어찌해야 할지를 몰랐다. 기쁨을 만끽할 수도, 슬픔에 젖어 있기도 참 뭐했다.

엄마는 그해 겨울, 나를 어떻게 보셨을까? 땅에서든, 하늘에서든 혹은 우주에서든. 당신을 잃은 슬픔보다 연인이 떠난 상실감에 슬퍼하는 내 모습을 보며 서운해하셨을까, 아니면 오히려 흐뭇해했을까. 어쩌면 죽은 엄마와 떠나간 그녀는 내게 별반 차이가 없는 존재일지도 모르겠다. 어떤 마음인지 이젠 들을 수가 없으니까. 앞으로 살아가면서 가슴속엔 또 다른 상실감의 구멍이 크고 작게 생길 것이다. 겨울이 되면 내 가슴속 구멍 사이로 찬바람이 스쳐 지나갈 테지. 그때마다 엄마와, 그녀와, 과거의 내가 아련하게 떠오를 것이다.

짝사랑의 물리학

그녀에게 차였다고 절망하지 마라.

그녀가 날 차는 순간, 나도 똑같이 그녀를 찬 것이다.

작용 반작용의 법칙에 따라 똑같은 크기의 힘이

반대 방향으로 전해지니까.

결국, 물리학적으로 그녀는 나에게 차였다.

아아, 불쌍한 그녀.

2 부

빌어 먹을 코미디

빌어먹을 코미디

코미디를 한답시고 영등포역에서 노숙한 적이 있다. 단 하루였지만 영등포역의 새벽을 온전히 경험할 수 있었다. 칼바람 부는 겨울에 노숙인이 그렇게나 많은 줄 처음 알았었다. 그들은 박스나 종이 따위로 자신만의 집을 펴내고는 그 위에서 잠을 청했다. 나는 아무 데나 앉아 밤을 꼴딱 새웠다. 집 나오면 개고생이라는 말이 정확했다. 그날 나는 영등포역의 '38번 노숙인' 정도 됐을까. 솔직히 조금 후회했다.

막상 서울에 올라왔지만 수중에 돈이 별로 없었다. 숙명처럼 가장 값싼 고시원을 찾아가 2주 정도 머물렀다. 한 달치 방세도 내겐 없었다. 덧붙이자면 '창문' 없는 방이었다.

그래도 '다른 형태의 창문'은 존재했다. 복도와 연결된 문 위에 조그맣게 달린 미닫이문이었다. 최소한의 산소를 공급하기 위해 설치된 것 같았다. 그러나 복도도 실내이기에 환기에는 도움이 안 됐다. 결국 몸만 누울 수 있는 공간에 가구처럼 그저 가만히 있어야 했다. 코미디라는 큰 꿈을 가지고 서울에 왔는데 내가 있는 곳은 매우 작은 공간이었다. 더욱 슬픈 건, 그 코딱지만 한 방이 아늑하게 느껴졌다는 거다. 영등포역 바깥에서 지내는 것보단 훨씬 더 인간적이었으니까.

고시원은 밥과 라면을 제공했다. 딱딱하지만 어쨌든 침대와 소형 TV도 있었다. 작은 화면으로 시트콤 '하이킥 시리즈'를 즐겨봤다. 볼륨은 옆방에 들리지 않게 최소로 줄여야 했다. 방과 TV에 맞춰 내 꿈의 크기도 작아지는 것 같았다. 꿈이 밥을 먹여주진 않았다. 밥은 고시원이 먹여줬다. TV 속 연예인들이 새삼 부러웠다. TV와 나는 한 뼘 거리인데 그 속의 사람들과 나는 천지 차이였다. 꿈은 TV 브라운관과도 같았다. 내 손으로 만지고 있지만 만질 수 없는 것이었다.

어느 날 오라는 꿈은 안 오고 치통이 찾아왔다. 밤중 통증이 극심했다. 어금니가 썩어서였을까. 사랑니 때문일지도 모르겠다. 수중에 돈이 없었기 때문에 치과는 상상도 하지 못한 채 볼을 부여잡고 통증을 온몸으로 받아내는 수밖에 없었다. 서러웠다. 내가 무엇 때문에 이 고생을? 코미디를 하겠다는 내가 지금 TV로 하이킥을 보다가 치통에 무너지고 있다. 코미디로 밥 벌어먹고 살겠다는 꿈이 아득해졌다.

영등포의 주유소에서 일했다. 주유소가 먼저였는지 고시원이 먼저였는지 타임라인은 잘 모르겠다. 중요한 건 둘 다 조그만한 공간에 내가 욱여넣어졌단 거다. 1평짜리 고시원에서는 침대에 누워 내 꿈의 크기를 가늠했고, 1평짜리 주유소 대기실에서는 차가 올 때까지 바깥에 펼쳐진 드넓은 공간을 응시했다. 나는 남의 차에 연료를 넣어주는 일을 했다. 내 꿈의 연료는 점점 바닥이 나는 기분이었다. 코미디였다. 먼 꿈을 잡기보다는 가까운 음식이 고팠다.

그 작고 추운 대기실에서 주유원이었던 내가 한없이 부러워했던 것이 하나 있다. 고급 외제차 같은 것은 아니었다. 그저 길거리에서 엄마 손을 잡고 걸어가는 아이의 모습이었다. 저 아이는 가족과 함께 따뜻한 식당에서 아무 걱정 없이 맛있는 음식을 먹겠지. 아이의 모습은 차가운 주유소 대기실에는 없는 따스한 난로 같았다. 자신의 꿈을 좇다 보니 타인의 현실이, 그저 특별할 것 없는 일상이 부러워지는 모양이었다.

머나먼 허상 같았던 꿈이 점점 실상이 되어가는 듯하다. 지금은 고시원에서 TV로 보던 연예인들과 일을 한다. TV 안의 세상이 내 손에 만져진다. 농담으로 벌어먹는 데에 어느 정도 성공했다는 뜻이다. 고시원에서의 치통은 지독한 성장통이었던 걸까. 그 겨울 영등포 주유소에서 부러워했던 아이는 잘 지낼까. 어쨌든 지금은 부럽지 않다.

코미디를 하겠다고 마냥 서울에 올라온 무식한 패

기. 영등포역에서 구체적인 계획도 없이 지새운 밤. 영
등포에서 내가 한 것은 어쩌면 노숙이 아니라 기다림이
었을지도 모른다. 그때를 떠올리면 현실이 거대한 농담
처럼 느껴진다. 이 농담의 결말이 무척 다행스럽다.

가난

회당 500만 원 받는 TV 속 연예인은

자기가 이만큼 못 산다고 자랑한다.

일당 5만 원 받는 인스타 속 어느 청년은

자기가 이만큼 잘 산다고 자랑한다.

막차를 향해 달려라

막내 작가의 중대한 업무 중 하나는 방송국 안으로 도시락을 들여오는 일이었다. SNL 같은 생방송 프로그램에서 선배 작가들을 포함해 제작진의 밥을 챙기는 것은 이만저만한 스트레스가 아니었다. 먹는 것은 어쩜 다 제각각인지 어떤 선배는 매번 먹는 칠리 새우를 또 시켰냐며 핀잔을 주기도 했다. 한솥밥을 먹는 식구에게 고작 한솥 도시락 메뉴 가지고 지청구라니……. 도시락을 질리도록 먹어서인지 지난 몇 년간 나는 도시락을 쳐다보지도 않았다. 누군가는 도시락 하면 기차 여행이나 소풍의 설렘을 떠올리겠지만 나

는 아니다. 나는 배달의 민족 그 자체였으며 동시에 배
달의 첩보 요원이기도 했으니까.

　모순적이게도 내가 일하던 방송국은 음식 반입이
불가였다. 원래는 그렇지 않았는데, 남은 음식물 처리
문제가 반복되자 금지 명령을 내린 것이다. 하루 종일
생방송 촬영을 준비하며 밥을 두 끼씩 먹어야 하는 상
황에서 식당에 갈 시간 따윈 없었다. 결국 막내 작가들
이 스파이처럼 보안 요원 몰래 도시락을 들여와야 하
는 것이었다. 하지만 방송국 곳곳엔 스미스 요원처럼
검은 정장을 빼입은 적의 무리가 눈에 불을 켜고 있었
다. 나는 도시락이 가득 든 위장 상자를 들고 화물 엘
리베이터를 탔다. 지키는 사람 없는 화물칸을 활용해
도시락을 날랐다. 정작 먹는 사람은 없었다. 선배들 모
두가 신경이 날카로워져 밥 먹을 여유가 없었다. 생방
송은 그런 것이었다. 가끔은 뭘 위해 이렇게까지 하나
싶은 생각도 들었다. 먹고살자고 일하는 건데 언제부
턴가 일하기 위해 먹고사는 것 같았다.

　늦은 밤 모든 촬영이 끝나고 나면 그간의 고생이

미화되곤 했다. 크루들(고정 출연 연예인들)과 박수를 치며 고생했다는 인사를 나누면 한 주의 녹화는 끝이 났다. 하지만 막내 작가의 업무는 끝이 아니었다. 도시락과 각종 대본으로 뒤덮인 회의실을 정리하는 일이 남았다. 안 그래도 뒷정리 때문에 도시락 반입이 금지됐으니 몰래 들여온 증거들을 더욱 철저히 인멸해야 했다. 수북하게 쌓인 도시락들을 다 버릴 순 없었다. 이게 다 얼마야……. 수십 개의 버려질 도시락들을 보니 이 돈으로 내 월급이나 올려줬으면 좋겠다는 생각이 간절했다. 나는 칠리새우 혹은 제육 도시락을 쏟아지지 않게 살포시 가방에 넣었다. 냉장고에 넣어놨다가 다음 날 점심에 먹기 위해서였다. 지친 몸으로 회의실 정리를 마친 후에도 집에 갈 수는 없었다. 매주 촬영이 끝나고 이어지는 순댓국집에서의 회식에 참석해야 했다. 참여가 필수는 아니었지만 그렇다고 불참하면 눈치가 보였다. 웬만하면 가야 한다는 뜻이다.

　나는 사회 경험이 없고 사회성도 부족해 회식 자리에서 크고 작은 결례를 범했다. 베테랑 연예인이 막내 작가 테이블에 합석했는데, 그때 나는 주도라는 걸 몰랐다. 나보다 스무 살도 더 많은 스타 연예인이 일어서서 술을 따라주는데, 멋모르고 자리에서 앉아 한 손으로 당당히 잔을 받은 것이다. 그는 몇 분 있지 않아 금방 다른 테이블로 갔다. 속으로 나를 보며 '아 이 새끼 또라이네'라고 생각했을지 모른다. 아니면 아무 생각도 없었을 수도.

나는 예의보다 시간에 예민했다. 빌어먹을 술잔과 순댓국보다 막차 시간에 온 신경이 집중되었다. 촬영이 밤늦게 끝났기 때문에 회식에 한 시간 이상 앉아 있을 수 없었다. 막차를 놓치면? 택시를 타야 하는데 그것은 막내 작가인 나에게 도저히 용납되지 않는 사치였다. 좀처럼 일어나지 못하고 좌불안석으로 회식 자리를 빠져나갈 타이밍을 재다가, 더 이상 이러고 있을 시간이 없다고 판단되면 잽싸게 가방을 메고 도망치듯 빠져나왔다. 그러고는 달렸다. 달리고 또 달렸다. '놓치면 3만 원!'이라는 끔찍한 주문과 함께 추노에게 쫓기는 노비처럼 달렸다. 가방에는 도시락이 들어 있었기에 최대한 흔들리지 않게, 동시에 빠르게 달려야 했다.

수색역까지 가는 길이 참 멀었다. 타고나길 약한 체력과 막차를 타기 위한 집념 중에 뭐가 더 강했을까? 당연히 후자다. 막차 한 번 놓쳐 택시라도 타면 도시락 다섯 개가 넘는 돈이 공중에 사라지는 것이다. 가까스로 막차를 타면 진이 빠졌다. 내 인생도 생방송이었다. 가방에 든 도시락과 함께 오직 생존 그 자체로 정신없었던 막내 작가 시절이었다.

이후 파주 본가에서 홍대 고시원으로 독립했다. 방송국이 있는 상암과 비교적 가까워졌지만 그렇다고 막차를 포기할 순 없었다. 하지만 막차를 놓쳤다고 좌절하지 않게 됐다. 택시비를 턱 낼만큼 벌이가 나아져서가 아니었다. 그냥 걸어가기로 마음먹은 것이다. 막차를 놓친 날엔 상암에서 홍대까지 걸어갔다. 아이디어를 짜고 사색도 하면서 어두운 밤길을 산책했다. 세상에서 가장 조용한 귀갓길이자 가난한 행위예술이었다. 집까지는 대략 두 시간이 조금 안 되게 걸렸다. 집에 도착할 쯤이면 다리가 단단해져 곧 바로 잠에 곯아 떨어졌다. 막차도 놓치고 걷기엔 너무 지친 날에는? 그냥 방송국에서 밤을 새웠다. 내가 쓴 대본이 처음 방송에 나간 날, 도시락을 까먹으며 나는 그 짧은 영상을 수십 번 돌려보면서 밤을 지새웠다.

새벽은 우주처럼 텅 빈 시간이었다. 집은 멀고, 막차는 없고. 그때 하루가 가장 길었다. 생방송을 준비하는 동시에, 도시락도 챙기고, 선배에게 혼나고, 회식도 참여하고, 막차시간에 쫓겨 뛰거나 집까지 걸어가고……. 단언컨대 TV 프로그램으로 만든다면 지금의 나보다 그때의 내가 시청률이 압도적으로 높을 것이다. 지금의 내 삶은 그때보다 단순명료하다. 막차를 향해 달려본 적도, 택시비를 아끼기 위해 어둠 속을 걸어본 적도 최근엔 없다. 재방송을 보듯 예상되는 하루가 반복된다. 그때의 예측 불가능한 불안감과 지금의 예측 가능한 안정감, 둘 중 어느 것이 더 행복한 일일까? 오늘은 오랜만에 두 시간 정도 천천히 걸어봐야겠다. 잃어버린 나의 막차를 위해.

할머니의 만둣국과 바퀴벌레

할머니는 한 달에 한 번 나에게 전화를 하셨다. 고기 넣은 만둣국을 해줄 테니, 언제 할머니 집으로 오라고. 나는 시간 날 때 가겠다고 말했지만, 정작 석 달에 한 번 정도 갔다. 할머니의 집은 부천이었는데, 그곳은 내가 태어난 곳이다. 일산에서 지하철로 한 시간을 꼬박 가면 특유의 부천 분위기를 느낄 수 있다. 내가 기억하는 20년 전의 부천은 회색빛이었다. 그것은 지금도 마찬가지다. 안개가 낀 것도 아닌데 도시가 회색빛으로 느껴지는 이유는 무엇일까. 내 어릴 적 마음이 투영된 걸까? 아님 그냥 내 시력에 문제가 생긴 걸 수도.

정신과든 안과든 둘 중 한 곳에 가봐야겠다.

할머니의 집은 매우 허름했다. 문에 들어서면 작은 신발장에 방 하나가 전부였다. 할머니는 손자가 온다는 말에 신발장 앞에서 만둣국 재료들을 손질하고 계셨다. 할머니는 나를 반겨주시며 특유의 하이톤 인사법을 구사하셨다. 그러고는 뜨거운 전기장판에 들어가 몸 좀 녹이라고 말했다. 나는 걸어오느라 더운데도 전기장판에 들어갔다.

한겨울에 난데없이 이열치열하며 나는 몸을 기대 맞은편 TV를 보았다. 낡고 오래된 브라운관 TV였다. 할머니는 종편 채널을 틀어놓으셨다가 tvN으로 채널을 돌리셨다. 방송작가인 손주가 일한다는 채널을 기억하신 모양이다. 그러더니 대뜸 "너는 언제 TV에 나오냐"고 물으셨다. "할머니 저는 방송작가라 TV에 안 나와요"라고 말을 해도 소용없으시다. 결국 나중에 "나올 거예요"라고 말했다. 어느새 먹음직스러운 만둣국 냄새가 풍겨왔다.

체리색 밥상에 할머니는 만둣국을 '대령'해오셨다.

큼지막한 만두에다 떡도 들어가 있었고, 국물 위에는 비싸 보이는 고기와 검은깨들이 두둥실 떠다녔다. 할머니는 안 드시냐고 묻자 당신은 항상 그렇듯 아까 저녁을 먹었다고 한다. 내가 첫술도 뜨기 전에 할머니는 "더 줄까?" 말하셨다. 역시 전 세계의 할머니는 만국 공통인가 보다. 나는 TV를 보며 만둣국을 먹기 시작했다. 할머니는 잠깐 먹는 모습을 바라보더니 다시 재료 손질을 하러 신발장 쪽으로 향하셨다. 뭐가 더 준비돼 있는 건가 약간 두려웠다.

　그렇게 나는 푸짐한 만둣국을 먹으며, 할머니 집까지 와서 농담이 가득한 예능을 보았다. 그때였다. 숟가락으로 국에 들어 있는 왕만두를 잘라 먹으려는데, 검은깨 하나가 요란하게 움직이는 것이었다. 아니, 움직였다는 표현보다는 '꿈틀'거렸다. 불길한 기운이 확 들었다. 20년 전 부천에서 봤던 바퀴벌레. 그중에서도 크기가 작은 바퀴벌레 새끼였다. 아닐 거야, 한 번 부정했다. 그래, 뜨거운 국물의 열에너지에 의해서 검은깨가 구심력을 받아 꿈틀댄 것이라고 생각하는 순간,

바퀴벌레 새끼가 박태환처럼 힘차게 수영했다. 이제는 확실해졌다. 이것은 검은깨가 아니라 명확한, 확고부동한, 살아 있는 바퀴벌레임을.

순간 식욕이 확 떨어졌다. 아까와는 정반대의 생각이 들었다. 한 마리의 바퀴벌레가 검은깨로 보이는 것이 아니라, 99개의 검은깨가 전부 바퀴벌레로 보였다. 나는 고민했다. 계속 먹을 것인가, 그만둘 것인가. 고스톱을 하듯 고뇌에 빠진 나는 할머니의 눈치를 스윽 보았다. 정성스레 재료를 손질하는 모습이 보였다. 결국 난 숟가락으로 작고 귀여운 바퀴벌레 새끼를 건져 휴지로 감싸 완전 범죄 현장을 만들었다. 때마침 할머니가 뜨거운 만둣국 국물을 가져오셨다. "국물이 식었지?" 나는 괜찮다고 입술을 떼려는데, 할머니는 뜨거운 국물을 퍼부어주셨다. "만두랑 떡도 더 먹어." 그 위에 건더기들을 얹어주셨다. 할머니의 무조건적인 사랑이었다. 아주 그냥 사랑을 때려 퍼부어주셨다. 나는 조금 전 기억을 애써 삭제하고는 다시 뜨거워진 만둣국을 먹었다. 뭐가 바퀴벌레고 뭐가 깨인지 께름칙

했지만, 그냥 먹었다.

훈훈한 식사와 담소를 마친 후, 나는 할머니 집을 나왔다. 너무 먹어서인지 배가 튀어나왔다. 할머니는 다리가 아프신데도 지하철역까지 나를 데려다주셨다. 할머니가 나에게 조건 없이 베풀어주시는 것처럼, 나도 만둣국에 바퀴벌레가 들어 있든, 아니든 조건 없이 보답하겠다고 생각했다. 그날 이후로 검은깨는 잘 먹지 않게 되었지만.

할머니

할머니 : 여있다, 한 공기 더 먹어라.

나 : 배불러요, 할머니. 더 이상 못 먹겠어요.

할머니 : 그럼 소화제 하나 더 먹어라.

할머니들은 항상 더 먹으라고 한다.

종합캔디라 미안합니다

나는 후줄근한 사람이다. 그것은 일터에서도 마찬가지. 대충 옷을 걸치고선 모자를 푹 눌러쓴 채 집을 나선다. 이놈의 경의선은 제시간에 도착하는 법이 없다. 그렇게 프리랜서인 나는 한적한 오후 지하철을 타고 물건처럼 운반된다. 모자를 하도 자주 쓰니 간혹 선배나 동기가 장난 섞인 질문을 한다. "머리 안 감고 왔지?" 오해다. 나는 모자를 간편해서 쓰는 것이지 머리를 감지 않아 쓰는 것은 아니다. 마치 슈뢰딩거의 고양이처럼 모자를 벗기 전에는 알 수 없는 것이다. 그러니 모자를 썼다고 함부로 재단 말아주길. (물론, 안 감은 날도 있긴 하다.)

　신촌의 고시텔에서 잠시 지낼 때였다. 영등포의 고시'원'에서 고시'텔'로 한 글자가 바뀌었을 뿐인데 내 인생은 180도까지는 아니고 한 60도 정도 바뀌었다. 농담이다. 고시원이나 고시텔이나 그냥 똑같다. 거기서도 나는 창문 없는 방에 살았다. 이런 방의 가장 큰 단점은 환기가 안 된다는 것이다. 그런 방에 빨래까지 걸어 말려야 했다.

　일하던 방송이 종영된 어느 날, 사적으로 많은 이야기를 나눈 적 없는 선배 작가가 선물을 사준다는 것이었다. 편의점에 따라 들어갔더니 내 손에 쥐어진 것은 다름 아닌 페브리즈. 순간 미안하고 창피했다. 고시원에서 말린 옷들이 특유의 꿉꿉한 냄새를 풍겨왔던 모양이었다. 긴 회의 동안 냄새에 괴로웠을 선배들에게 민망했다. 사실 고시원에 산다고 아무한테도 말하지 않았었다. 어린 나이에 자격지심이었을까. 모자를 쓰는 것과 마찬가지로 페브리즈 사건도 억울한 면이 있다. 혹시 안 씻어서 난 냄새라고 착각했으면 어떡하지? 동료분들, 이제야 말합니다. 고시원에서 빨래를 말려서 그런 냄새가 났어요. 미안합니다. 가난이 죄인가요. 그렇지만 샤워는 매일 했으니 오해 말아주세요. (물론, 안 씻은 날도 있긴 하지만.)

자꾸 더러운 이야기만 하는 것 같다. 이번에는 조금 달달한 이야기를 해보겠다. 코미디 프로 막내 작가로 일할 때다. 화이트데이가 다가오니 고민이 되었다. 분명 뭔가를 사 가긴 해야 할 것 같은데……. 하지만 수중에 돈이 없었다. 한 달에 100만 원도 안 주던 때였는데 남아야 얼마나 남았겠는가. 고민은 화이트데이 당일까지 이어졌다. 고시원에서 나온 나는 (샤워를 하고) 모자를 푹 눌러쓴 채로 터벅터벅 걸었다. 사탕을 살까 말까 하는 고민은 계속 이어졌다. 안 사자니 다른 막내들이 사 왔을 것 같고 사자니 열 명이 넘는 선배들 것을 다 사려면 2만 원(당시 내겐 큰돈)이 넘을 것 같았다.

일단 동네 마트에 들어가보기로 했다. 편의점은 비싸니까. 사탕 코너를 둘러보던 나는 어마어마한 걸 발견했다. 선배들에게 돌리고도 남을 정도로 양도 많고 게다가 가격까지 저렴한 저것!

종합캔디 - 4,800원.

중소기업에서 나오는 투박한 디자인의 종합캔디
였다. 캔디가 족히 100개는 넘게 들어 있는데 맛도 다
양했다. 사실 전부 다 '맛없는 맛'이었지만. 그렇게 난
커다랗고 못생기게 대충 포장된 종합캔디를 사 들고
회의실로 갔다. 테이블에는 이미 다른 작가들이 준비
한 예쁘고 아기자기한 사탕들이 놓여 있었다. (분명 편
의점에서 비싸게 샀으리라.) 그 옆에 내 종합캔디를 놓았
는데 물색없이 크고 투박해 보였다. 회의가 진행되면
서 자연스럽게 가져온 사탕들을 먹었다. 회의가 끝날
시점까지 나의 못생긴 종합캔디는 아무도 손에 대지
않았다. 선배 중 한 명은 내가 가져온 종합캔디를 돌려
주며 말했다. "너 가져가." 가난은 사람을 구차하게 만
든다. 더럽게도 인기 없던 그 사탕들을 어떻게 처분했
는지 기억나지 않는다. 아마도 버렸을 것이다. 맛없는

건 팩트니까. 어째 얘기해놓고 보니 달달한 게 아니라 슬픈 이야기인 것 같다.

　가난의 경험은 에피소드가 된다. 그 외에도 가난의 슬픈 장점들은 많다. 가령, 빼앗길 돈조차 없어서 보이스피싱에 걸릴 위험이 없다는 거. 돈도 없고 거기다 엄마까지 없으면 금상첨화다.

잘못 보낸 문자

문자 피싱범 : 아들, 핸드폰이 고장나서 그런데 100만 원만 얼른 보내줘.

나 : 저 10만 원도 없는데요.

문자 피싱범 : 엄마가 급해서 그래~

나 : 저 엄마도 없는데…… 8년 전에 돌아가셨는데……

문자 피싱범 : 아…… 죄송합니다……

나 : 괜찮습니다……

문자 피싱범 : 마음 잘 추스르시고, 그럼 전 바빠서 이만……

나 : 가지 마세요! 죽은 엄마랑 카톡하는 거 같아서 좋으니까!

문자 피싱범 : 왜 이러세요. 저 사기꾼이에요.

나 : 가지 마! 계속 엄마인 척 나한테 카톡해! 안 보내면 경찰에 신고한다?

문자 피싱범 : 아, 잘못 걸렸네.

우리 집이라는 말이
목구멍에 걸렸다

요즘 두꺼비

나 : 두껍아 두껍아. 헌 집 줄게 새집 다오.

두꺼비 : 어디서 개수작이야. 구축을 줄 테니 신축을 달라고? 요
즘 인간들 아주 날강도네. 그리고 구축도 재개발 예정
이면 훨씬 비싼 거 몰라? 그런 구축이면 오케이. 잠깐
만. 그런데 구축은 있긴 하니? 갖고는 있고서 헌 집은 준
다는 거야? 아 참고로 월세나 전세는 안 받는…….

나 : 제발 그만해.

집에 대해서라면 맺힌 것도 할 말도 많다. 뉴스에서는 요즘 집값이 떨어지고 있다는데 떨어진다 해도 최소한 몇억은 한다. 이럴 땐 괜히 억하심정이 든다. 누구는 주머니에 몇억 원이 있다는 건데, 나는 어플로만 걸음 걸을 때마다 주는 몇십 원에 집착한다. 나도 집을 사고 싶다. 평생 집이라고는 가져본 적이 없으니까. 요즘엔 반려견들도 자기만의 집이 있다고 한다. 또 그들은 곱슬머리인 나보다 머릿결도 좋다. 그러니까 '개 같다'는 말은 나한텐 칭찬이 될 수도 있다. 그들은 집도 있고, 털도 찰랑거리며 게다가 반려 인간도 있으니까.

나는 고시원에서도 살아봤고 원룸에서도 살아봤다. 고시원 이야기는 칙칙하니 더 이상 하지 않기로 한다. …… 사실 원룸 이야기도 칙칙하다. 보증금 500에 월세 40짜리 원룸이었는데 다행히 반지하는 아니고 1층이었다. 집을 알아보러 갔을 때 방 곳곳에 습기 제거제가 놓여 있었다. 이때 눈치챘어야 한다. 이 방은 졸라게 습하고 칙칙할 것이라는 걸. 하지만 어쩌겠는가. 고시원에서 살던 나는 이런 '독립된 공간'이 생긴 것만으로도 이미 눈이 돌아 있었다. 오히려 습기 제거제를 '공짜로' 여러 개 놔준 집주인이 친절하다고 생각했다. 멍청하긴. 멍청한 나는 바로 계약했다. 이 습한 방 때문에 훗날 내 안구에 습기가 찰 것도 모른 채.

원룸에 살면서 처음으로 '집주인'이라는 것이 생겼다. 나는 이 집주인을 뭐라고 불러야 할지 난감했다. 처음에는 '주인님'이라고 부를까 생각했는데 뭔가 이상했다. 무슨 SM 플레이도 아니고. 더군다나 주인님은 칠십대 할머니였다. 또 핸드폰에 저장할 이름도 애매했다. 주인님이라고 저장했다가 회의 도중 전화라도 걸려 온다면 오해받을 것이 불 보듯 뻔했다.

"주인님이라니?"

"아, 오해하지 마세요. 그냥 제가 매달 돈을 상납하는 사람입니다."

점점 더 구렁텅이에 빠질 것 같다. 결국엔 그냥 집

주인이라고 저장했다. 그러면 나는 뭐라고 해야 할까. 집의 주인의 반대니까 집의 하인? 나는 정말로 하인처럼 집을 돌본 것 같다. 햇빛이 안 들고 환기가 안 돼 집 안에 습기가 좀처럼 빠져나가지 못했다. 습기 제거제가 괜히 있는 게 아니었다. 나는 하인처럼 집을 돌보기 위해 항상 창문을 열어놨고 인터넷으로 습기 제거제를 대량으로 구매해 예전 주인님이 그랬던 것처럼 구석구석 심어놓았다. 월세를 내고 집을 섬긴 것이었다.

집주인이라는 명칭 외에 또 하나 걸리는 게 있었다. 그것은 바로 평범하디평범한 '우리 집'이라는 말이었다. 누군가를 자신의 집에 초대할 때 "우리 집에 놀러 올래?"라고 말하지 않는가? 나는 내가 살고 있는 원룸을 '우리 집'이라고 칭할 수 있는 건지 고민에 빠졌다. 방이 하나뿐인데 '집'이라고 표현해도 맞을까? "우리 방에 놀러 올래?"라고 말해야 하는 것 아니야? 방이 하나여도 엄연한 집이지만, 방이 최소 두 개 이상 모여야 '집'이라고 칭할 수 있을 것 같기도 했다. 그래서 고시원이나 원룸에 살던 시절에는 '우리 집'이라는 말이 목구멍에 걸려 잘 나오지 않았다.

5년이 지나 그곳에서 벗어나 이사를 했다. 열심히 산 보답인지 지금 나는 강남의 30평대 아파트에 살고 있지…… 않고, 또 원룸이다. 뭔가 잘못됐다. 분명 죽어라 일했는데 또 원룸이라니. 그렇지만 이번에는 나도 성장한 면이 없지 않아 있다. 열심히 산 덕택에 계좌에 전보다는 돈이 (아주) 조금 쌓였다. 부동산에 방문했다.

"월세 50에서 60짜리 구하러 왔는데요."

그런데 생각보다 집이 너무나도 좁고 낡았다. 겨우 잠만 잘 수 있는 좁은 방이나 엘리베이터 없는 5층 옥탑방을 보여줬다. 엘리베이터는 당연히 없었고, 층고가 낮아 똑바로 설 수 없었다. 공인중개사는 월세 65만 원이라며 거저라고 말했다. 5층까지 걸어 올라가야 하고 강제로 거북목을 하고 다녀야 하는데 65만 원이라니. 집값이 너무했다.

"신용등급이 어떻게 되시죠?"

공인중개사는 실의에 빠진 나에게 신용등급을 물었다. 나는 토스를 열어 신용등급을 확인한 뒤 그에게 말했다. 공인중개사는 계산기를 두드리더니 느닷없이 2억짜리 전세 매물을 추천했다. 월세 50짜리 구하러 왔는데 2억이라니? 그는 일단 집을 먼저 보여주겠다고 했다. 전세 2억짜리 집이라, 금리도 높은 마당에 그곳에 살 마음은 없었지만……. 집을 보고 나니 마음이 홀렸다. 보면 안 됐는데. 견물생심이라 했던가. 2억짜리 집은 강력했다. 드넓은 거실 하며 깔끔한 인테리어 자재, 창밖에는 나무들이 우거졌다. 방도 두 개인데다 건물도 깨끗했다. 어떠냐고 공인중개사가 웃으며 물었다. 참으로 전략적이었다. 앞서 일부러 좁은 매물을 소개하고, 뒤에 본격적인 매물(그렇지만 예산이 초과되는)을 보여준 것이다. 공인중개사는 편의점 사탕으로 나를 놀리는 듯했다. 사탄 같았다. 달콤한 유혹에 나는 거의 넘어갈 뻔했지만, 겨우 이성을 되찾았다. 이

자가 대체 얼마야. 그리고 요즘 전세 사기가 얼마나 많
은데……. 이성이 넋이 나간 감성을 후두려 팼다. 나는
결국 원룸을 선택했다.

　여전히 원룸에 살고 있지만 충분히 만족스럽다.
방의 크기는 5년 전이나 지금이나 똑같지만 그게 뭐가
중요한가. 나는 나대로 성장하고 있는데, 이는 결코 정
신 승리가 아니다. 왜냐하면 언젠가부터 '우리 집'이라
는 말이 목구멍에서 막히지 않으니까. 그냥 서슴없이
나온다. 자격지심이 많이 사라진 모양이다. 그렇다고
원룸에서만 계속 살지는 않을 것이다. 다음 목표는 단
순하다. 방이 두 개 이상인 집. 나도 방문이란 걸 열어
보고 싶다. 방에서 방으로 이동하고 싶다. '두껍아 두
껍아 헌 집 줄게 새집 다오'처럼 두꺼비에게 강탈하는
것이 아닌, 내가 정직하게 모은 내 돈으로 말이다. 물
론, 두꺼비든 맹꽁이든 누가 집을 공짜로 준다면 마다
하지 않겠지만.

와르르 맨션에서
내 억장이 와르르

일을 마치고 돌아갈 집이 있다는 것은 인생에 엄청
난 안정감을 가져다준다. 하지만 그 집의 '퀄리티'에 따
라 안정감의 정도가 달라진다는 사실은 꽤 슬픈 일이
다. 신촌의 고시원에서 살 때와, 일산의 원룸에서 살 때
를 비교하자면 후자가 단연 여유를 더 가져다주었다.
하지만 사람의 마음은 간사한지라, 원룸에 살면서도
이런저런 불편함을 느끼게 되었다. 1층이라 창문에 커
튼을 치고 살아야 했고, 습기가 많아 곰팡이가 끼기도
했다. 심지어 옆집 음악 소리와 더불어 앞집의 대화 소
리가 내 집까지 전달돼 반강제적으로 그들의 기상 시

간에 맞춰 나 또한 눈을 떠야 할 지경에 이르렀다.

결국 나는 원룸 월세에서 투룸 전세로 이사를 가기로 마음먹었다. 어플로 주변 매물을 살펴보다 상당히 마음에 드는 집을 발견했다. 새집처럼 실내는 고급스러웠고, 전세 8천만 원밖에 하지 않았다. 비록 역에서 조금 멀긴 했지만, 나는 걷는 것을 좋아하니까(재빠른 합리화) 상관없다고 생각했다. 나는 똑똑한 요즘 청년으로서 해당 매물을 로드뷰로 보기로 했다. 부동산어플에는 나오지 않은 실제 건물의 외관을 미리 파악하기 위해서였다. 나는 경악을 금치 못했다. 로드뷰로본 건물은 어플 속 사진과는 전혀 딴판인, 마치 만화〈짱구는 못 말려〉에 나오는 '와르르 맨션'처럼 낡은 빌라였다. 금방이라도 무너질 것 같은 건물 외벽에는 세월의 찌든 때가 검푸르접접했다. 혹시 매물 사진이 사기인가? 그제야 나는 부동산 어플에 적힌 매물의 연식을 실감했다. 건축 날짜 1988년. 내가 태어나기도 전에 삽을 뜬 집이었다. 엄청 오래된 집이지만 실내는 집주인이 돈을 들여 인테리어를 한 것이었다. 나의 희망

회로는 재가동되기 시작했다. '사람은 집 안에서 사는데 겉이 무슨 상관이야?'

직접 내 눈으로 대망의 투룸 전셋집을 보는 날이었다. 집으로 들어가는 골목부터 심상치 않았다. 골목골목에서 개 짖는 소리가 났고, 가는 길에는 음산한 분위기의 철학원이 보였다. 마치 던전 같았다. 입구에는 공동현관이라고는 차마 말 못 할, 보안 따윈 전혀 안중에 없어 보이는 그냥 '문'이 달려 있었다. 밀면 열리는 말 그대로 그냥 문이었다. 사실 이런 집에 뭘 얻고자 침입하려고 하지는 않을 것 같기는 했다. 공인중개사의 안내에 따라 던전 같은 계단에 들어섰다. 구석구석에 거미줄이 쳐 있었고, 분위기가 을씨년스러웠다. 하지만 반전은 있었다. 집주인 부부가 살고 있던 내부는 부동산 어플에서 본 사진과 거의 비슷했다. 모던한 인테리어로 리모델링한 실내였고 거실과 주방이 '따로' 있었다. 원룸에선 꿈도 못 꾸던 마법 같은 공간의 분리였다. 그렇게 난 인테리어에 홀린 채로 2년짜리 전세 계약을 했고 마침내 투룸 생활을 시작하게 됐다. 고시원에서 시작해, 원룸, 이제는 투룸 전세라니! 집이 넓어지니 내 인생도 업그레이드가 된 기분이었다.

하지만 와르르 맨션에서의 생활은 녹록하지 않았다. 화장실의 창문이 없다는 걸 간과했다. 환풍기 따윈 없었다. 창문이 있긴 했는데 어디로 나 있느냐 하면 바로 계단 복도였다. 복도에도 창문이 없는 탓에 화장실에서 볼일을 본 후에 창문을 열면 복도가 냄새로 가득 찬다는 것이었다. 내 똥 냄새로 복도를 가득 채울 순 없었다. 결국 난 화장실 창문은 쓰지 않기로 했고, 문을 활짝 열어 거실 창문을 통해 환기를 시켜야 했다. 집 볼 때 왜 이걸 확인 못 했을까? 모던 인테리어에 홀려 와르르 맨션을 너무 얕잡아봤다. 하지만 이미 계약했으니 어쩌겠는가. 전세금 8천만 원에 대출까지 받았으니 꾹 참을 수밖에. 2년 동안 꾹 참고 개고생하는 거다. 역시 세상에 싸고 좋은 물건은 없다.

당연하게도 와르르 맨션에는 나만 살고 있는 건 아니었다. 지하에 한 세대, 1층에 두 세대, 2층에 나와 옆집 아저씨 이렇게 총 다섯 세대가 살고 있었다. 그중

복병은 역시 나와 가장 가까운 옆집 202호 아저씨였다. 어느 날엔 고된 회의를 마치고 건물에 들어섰는데 복도에서 똥 냄새가 코를 찔렀다. 처음엔 밖에서 들어온 냄새인가 보다 하고 넘겼는데, 몇 달 내내 그 냄새가 나는 것이다. 삶의 질이 뚝 떨어진 나는 냄새의 원천을 찾아냈다. 옆집 아저씨가 복도로 난 화장실 창문을 열어두고 있었다. 참으로 난감했다. 옆집 아저씨한테 창문을 쓰지 말라고 할 수도 없는 노릇이었으니까. 복도를 지날 때마다 숨을 참아야 했다. 그걸로 끝이 아니었다. 공동현관 입구의 조명이 고장나 불이 빠르게 깜빡거리는 것이었다. 어둠 속에서 낡은 빌라의 조명 하나가 빠르게 깜빡이니 밤에 그 광경을 보고 있자면 스릴러 영화 속에 있는 듯했다. 그렇게 점점 후회했다. 그냥 원룸에서 살걸.

그렇게 옆집 아저씨와 성한 데 없는 와르르 맨션에 원망 섞인 감정을 갖고 살던 어느 여름, 비가 쏟아지는 날이었다. 집에서 작업을 하고 있는데 모르는 번호로 전화가 오는 것이었다. 옆집 아저씨였다. 평소 교

류라고는 냄새를 통해서 밖에 해보지 않은 터라 갑작스러운 연락이 의문스러웠다. 옆집 아저씨는 대뜸 부탁을 했다. 자기가 지방으로 출장을 왔는데, 모르고 집에 창문을 열어놓고 왔다는 것이었다. 그래서 비밀번호를 알려줄 테니 집에 들어가 창문 좀 닫아달라는 청이었다. 나는 속으로 '뭘 믿고 비밀번호를 막 알려주지?' 생각했다. 거기에다 친하지도 않은데 그런 부탁을 한다는 점도 마음에 들지 않았다. 똥 냄새로 인한 거부감도 어쩔 수 없었다. 그러나 결국 나는 부탁을 들어주기로 했고, 찝찝한 마음으로 202호에 들어가 불을 켠 순간 실내가 아주 열악한 걸 알 수 있었다. 옆집은 리모델링을 안 했기에 지은 지 30년 넘은 세월을 고스란히 품고 있던 것이다. 을씨년스러운 비 오는 날, 모르는 집에 들어간다. 이거 완전 영화 도입부 아닌가. 무서운 점은 공포영화 도입부에 나오는 인물은 대게 안 좋은 결말을 맞는다는 점이었다. 그게 나일지도 모를 일. 한 걸음 한 걸음 주인 없는 집에서 걸음을 옮기며 나도 모르게 침을 삼켰다. 거실에는 알 수 없는 짐들이 삐뚤빼뚤 쌓여 있었다. 하나하나 무서운 것투성이였다. 비로소 살짝 열려 있던 옆집 창문을 닫은 나는 도망치듯 우리 집으로 대피했다.

고장 난 공동현관 조명, 똥 냄새나는 복도, 뭔가 불편한 이웃……. 와르르 맨션을 떠나고 싶었다. 왜 여기로 이사 왔을까. 무슨 생각으로 설계자는 화장실 창문을 복도에 뚫어놨을까. 그 창문을 옆집 아저씨는 왜 애용하는 걸까. 깜빡이는 공동현관 조명은 언제 고칠 것인가.

혹시 몰라 옆집 아저씨의 번호를 저장하자 메신저에 그의 프로필이 떴다. 그의 직업을 비로소 알 수 있었다. 교회 선교사이자 사회복지사. 남을 돕는 좋은 사람이었다. 거실에 쌓여 있던 짐들은 후원 물품이었던 것이다. 갑자기 부끄러워졌다. 옆집 아저씨는 남을 도우면서 정작 이런 열악한 집에서 살고 있구나. 나는 오직 나만을 생각하며 한낱 가벼운 마음으로 불평만 해대던 것이었다. 고장 난 건 공동현관 조명이 아니라 나였다.

창피한 집에 살면 슬픈 점

와르르 맨션은 여름날 태풍에도 무너지지 않았지만 연인을 차마 집에 데려오지 못할 때 내 마음은 와르르 무너졌다.

내 자존심은 30년 된 썩은 빌라보다 지반이 약한 것이었다.

실제로 보니까 늙었다!

사회복무요원으로 2년을 지내고 나니 SNL이 폐지되어 있었다. 소집해제 후 사회인으로, 코미디의 세계로 돌아가나 싶었는데 갈 곳을 잃은 것이다. 내가 할 줄아는 것이라곤 웃긴 상상을 하거나 콩트 대본을 쓰는 것뿐이었다. 이 능력으로 취업할 수 있는 곳은? 모처럼거대한 톱니바퀴의 부품이 되나 싶었는데, 다시 헛바퀴만 돌게 된 것이다. 이때는 너무 힘든 나머지 우울감이 심했다. '난 이제 쓸모가 없나?' 하는 마음이었다.

이후 선배의 소개로 운 좋게 예능 프로그램에 들어갔지만, 적성에 맞지 않았다. 보통의 예능에서 작가가 하는 일이란 섭외 전화, 현장 조율 같은 것이었으니까. 나같이 내향적인 사람이 하기엔 버거운 일이었다. 마치 '웃음'과 '재미'의 차이처럼, '코미디 프로그램'과 '예능 프로그램'은 너무도 달랐다. 웃음은 내향적인 사람에게, 재미는 외향적인 사람에게 맞는 것 같기도 하다. 전자는 인생에 구김 좀 있는 사람이, 후자는 구김살 없는 사람이 제격이라고 본다. 실제로 코미디언 중에는 내향인이 많다고 한다.

꾸역꾸역 버티는 데 전념했지만 얼마 있지 않아 또다시 거리에 나앉았다. 예능 프로그램마저 종영된 것이다. 프리랜서란 이토록 서러운 일이었다. 어느 정도 위치에 올라가기 전까진 나를 불러주지 않았으니까. 돈을 벌만 하면 백수가 되어 벌었던 돈이 다시 공중분해 되는 삶이었다. 이후 유튜브 채널의 작가 제안을 받았다. 방송국에서만 일했던 나였기에 유튜브로 간다는 건 조금 고민해볼 만한 일이었다. 일말의 자존심이라고 해야 하나? 그러다 뜻밖의 소식을 들었다. 그곳에서는 정직원으로 소속돼 일할 수 있다는 것이었다. 매달 따박따박 월급이 나온다고? 이건 녹봉을 받아먹는 공무원 같은 것이 아닌가? 그래, 방송국은 올드 미디어고 유튜브가 떠오르는 대세지. 어느새 내 마음은 그쪽으로 기울어졌다. 자존심은 이토록 약해 빠졌다.

그곳은 키즈 채널이었다. 장르는 다행히도 코미디였고, 시트콤처럼 학교를 배경으로 한 우당탕탕 소동극을 다루고 있었다. 내가 할 일은 SNL 때와 비슷한 분량의 콩트를 쓰는 것이었다. 다른 점은 이곳이 유튜브 채널이라는 점이었다. 방송국에 비해 규모가 작기에 최대의 효율을 내야 하는 특유의 문화가 있었다. 소속 피디와 작가들이 직접 출연하는 것이었다. 연기자는 한정돼 있고 필요한 배역은 많았기에, 피디나 작가가 하던 일을 멈추고 교복으로 갈아입은 뒤 연기에 투입됐다. 직원들이 전부 캐릭터를 하나씩 가져 모두가 직원 겸 연기자인 셈이었다. 내가 쓴 대본에 내가 출연하는 경우도 많았다. 내가 뱉을 대사를 내가 쓴다는 것은 상당히 낯간지러운 일이었다. 게다가 연기 경험도 없는 내가 카메라 앞에서 대사를 쳐야 한다니. 나에겐 개그맨 시험 낙방 두 번만이 연기 경험의 전부여서 상당히 떨렸다. 작가가 대본보다 연기를 더 걱정하다니, 상당히 골 때리는 회사가 아닐 수 없다.

　나는 '실눈'이란 학생 캐릭터를 맡았다. 실제로 내가 눈이 작아 대표 형이 붙여준 이름이었다. 실눈은 불쌍하게도 목소리가 작아 주변 학생들이 그 존재를 알아차리지 못하는, 존재감 '제로'인 캐릭터였다. 가령 좀비 바이러스가 창궐한 세상에서 좀비도 실눈은 물지 않고 스쳐 지나갔다. 이에 실눈은 목숨을 구했지만 무시당해 기분이 나빠, 자기도 물어달라고 좀비에게 호소한다. 덕분에 내 대사는 그리 많지 않았다. "나도 같이 놀아!"나 "나 여기 있잖아!" 같은 애잔한 외침 정도였다. 목소리가 작아 들리지 않아도 아무도 뭐라고 하지 않았다. 캐릭터 자체가 그런 애였으니까. 알고 보면 실눈은 날로 먹는 캐릭터였다.

　처음엔 정직원, 그러니까 소속 작가이고 하니 아무 생각 없이 시키는 대로 출연할 뿐이었다. 그런데 파급 효과가 예상을 뛰어넘었다. 실눈이란 캐릭터를 좋아해주는(불쌍히 여기는) 어린이 팬들이 생겨난 것이다. 당시 채널의 구독자 수가 100만 명이 넘었으니 엄청난 시청자 숫자였다. 심지어 거리에서도 있을 수 없는 일이 일어났다. 교복이 아닌 평상복을 입고 걸어가는데 초등학생들이 "실눈이다!" 외치며 나를 알아보는 것이었다. 그걸로 끝이 아니라, 식당 같은 공공장소에 가면 초등학생들이 힐긋힐긋 쳐다보곤 했다. 그때 '아, 연예인들이 이런 기분이구나' 하는 기분을 느꼈다. 꿈을 갖고 내 의지로 들어간 SNL이 아닌 전혀 생각도 못 했던 유튜브 키즈 채널에서 '코미디언'의 꿈을 이룬 셈이었다. 어떤 꿈은 자기도 모르는 사이에 이루어지는 걸까.

어린이들의 셀럽(존재감이 없어 가엾어하는 팬들이 대다수였지만)으로 지내던 나는, 친구와 밥을 먹기 위해 유명한 프랜차이즈 부대찌개 집에 들어갔다. 대충 후줄근하게 입은 채였다. 우리가 앉은 자리 옆에는 자그마한 놀이방이 있었다. 부모님이 식사하는 동안 어린이들이 놀 수 있게 만든 트램펄린과 볼풀 같은 것 말이다. 친구와 대화하며 맛있는 부대찌개를 먹는데, 친구가 갑자기 옆을 바라보며 시선을 보냈다. 뭐가 있나 하고 옆을 본 나는 흠칫했다. 초등학생 세 명이 마치 동물원처럼 놀이방 투명 벽에 착 달라붙어 내 쪽을 바라보고 있는 것이 아닌가! 내가 쳐다보자 그들은 외쳤다. "급식왕 실눈이다!" 이젠 밥도 편하게 못 먹는다고? 나는 또다시 같은 생각이 들었다. '아, 연예인들이 이런 기분이구나.' 하지만 이번엔 불편했다. 얼른 부대찌개의 햄들을 먹어야 하는데, 녀석들의 질문 세례가 쏟아지는 것이다. "머머리쌤 알아요?", "발가락쌤이랑 친해요?", "두더지 전화번호 있어요?" 등등. 그들은 나를 유튜브 속 실제 캐릭터인 것 마냥 대했다. 귀엽기도 했고, 고맙기도 했다.

　　그런데 질문을 하지 않고 가만히 지켜보던 초등학생이 잊지 못할 한마디를 날렸다. "어! 근데 실눈 실제로 보니까 늙었다!" 세 번째로 '연예인들이 이런 기분이구나' 생각이 들었다. 악플을 눈앞에서 들었으니까.

당연히 극 중 캐릭터 실눈은 교복을 입은 학생이었다. 하지만 실제의 나는 당시 이십대 후반이었으니 그 괴리감은 있을 수 있다. 그런데 그걸 왜 밥 먹을 때 듣게 하는 거냐. 부대찌개 식당 이름처럼 참으로 놀부 같은 녀석이 아닐 수 없었다. 더욱 쓰라린 건 그 말을 내뱉은 초등학생들은 다시 아무렇지도 않게 트램펄린을 타는 것이었다. 인기가 팍 식어버린 왕년의 스타가 된 느낌이었다. 입맛이 약간 떨어진 채 마저 밥을 먹으며 나는 생각했다. 방심하지 말아라, 너네도 곧 늙는다.

사라진 실눈

존재감 없는 캐릭터인 실눈은 얼마 가지 않아 실제로 존재가 없어짐으로써 캐릭터를 완성시켰다.

즐겨 보던 아이들이 나이를 먹어서일까, 그냥 내 인기가 없어진 걸까.

남들보다 두 배로 잊히는 기분이었다.

실눈처럼 가늘고 긴 생존법

나처럼 내향적으로 태어난 사람에게 사회생활이란 상당히 버거운 일이었다. 지금까지 10년 넘게 방송작가 일을 해온 것도 거의 기적처럼 느껴진다. 심지어 방송작가라는 직업은 다른 직업보다 사교성을 더욱 요하니까. 비결은 그냥 물처럼 있는 듯 없는 듯 조용히 지내는 것이다. 웬만한 일에는 웃으면서 상황과 흐름의 파도에 자연스레 올라탄다. 생존법치고는 너무 궁색하다 생각할지도 모르겠다. 그러나 이 방법은 나 같은 사람에게 한국 사회에 최적화된 생존법이 분명하다.

사실 사회 초년기 때의 실력이야 다 고만고만하지

않을까. 막내 작가 시절 나는 속으로 내가 최고라는 허황된 자부심을 가지고 있었지만 겉으로는 철저하게 시스템에 순응하는 방식을 택했다. 어디 가서 자랑스럽게 떠벌릴 만한 생존법은 아니었으나 달리 방법이 없었다. 외골수 같은 성격 탓에 업무상 필요한 누군가와의 연락도 부드럽게 해내지 못했거니와 일반 잡무에서도 실수를 연발했다. 방송작가의 잡무란 나에겐 정말 어려운 일이었다. 그래서 오직 단 하나에 집중했다. 내가 그나마 가지고 있던 아이디어 하나에 온 정신을 쏟아 때 빼고 광내어 회의가 있는 날 가져갔다. 내가 잘하는 것으로 나의 존재감을 드러낼 수밖에 없었다.

그렇게 잔잔한 물처럼 버텨온 나도 어느덧 하나둘 연차가 쌓이기 시작했다. 마침내 잡무로부터 해방된 것이다. 유난히도 못 했던 영역에서 벗어나 집필에 집중할 수 있었다. 그래서 모든 걱정이 없어졌느냐 하면 그건 또 아니었다. 저 연차엔 저 연차의 고민이 있듯이 고 연차엔 또 그만의 생존법이 필요한 것이었다. 그중 하나가 소위 '라인 타기'다. 프리랜서의 세계에서도 라인이 존재해서 언젠간 특정 라인을 선택해야 하는 가혹한 시기가 온다. 나는 부끄럽게도 선택이란 걸 보류하곤 한다. 그저 흘러가는 대로 입장을 보류하고 있으면 자연스레 승자와 패배가 나뉘기 마련이었다. 그렇다. 나는 어느새 비겁하게 승자의 배에 자연스레 올라타고 또 묵묵히 물처럼 지내며 경력을 쌓아 올리는 것이다.

　얼핏 보면 패배할 수 없는 생존법이다. 거대 시스템에 대롱대롱 매달려 가는 조용한 부역자를 굳이 건드는 사람은 없을 테니까. 그런데 최근 들어 이 생존법에 금이 가기 시작했다. 그것은 역설적으로 나름 내 입지가 다져지면서 생긴 문제였다. 연차가 10년이 넘어가니 나도 내 밥그릇에 조금 더 치밀한 계산을 두드리게 된 것이다. 그러다 보면 두 일 중 하나를 선택해야 하는 상황이 왔다. A라는 기존의 프로그램과 B라는 신규 프로그램. 나는 두 개의 선택지 중에 무얼 해야 할지 '간을 보기' 시작했다. 낮은 위치에 있을 때는 선택지가 없어 고민할 필요가 없었지만, 이제는 내게 이득이 되는 길을 단 하나만 골라야 했다.

어느새 머리가 큰 나는 큰 머리를 굴리기 시작했다. 이것도 하고 싶고 저것도 하고 싶었지만, 현실적으로 불가능했다. 고민 끝에 B 프로그램을 택했다. 안락한 시스템 속에 머무르던 내가 이탈을 꿈꾼 것이다. A 프로그램의 사람들은 일종의 배신감을 느낄 수도 있었을 것이다. 하지만 인간의 상황이 항상 간단하지 않았다. 부업으로 하던 C라는 일을 하기 위해선 필연적으로 B를 선택할 수밖에 없기도 했다.

그렇게 B 프로그램을 어찌어찌 겨우 마치고(일은 항상 괴롭다) 몇 달 후에 감사하게도 A 프로그램에서 다시 연락이 왔다. 마침 하는 프로그램이 없기도 해서 연락을 받은 며칠 후 사무실에 방문했다. 다행히 이야기가 잘 풀려 프로그램을 하기로 결정한 직후, 오랫동안 같은 팀이었던 피디님이 들어와 나를 보더니 한마디 외쳤다.

"이거 완전 유다잖아!"

성서에 등장하는 인물까지 끄집어내 그는 섭섭한
감정을 드러냈다. 참고로 나는 무교다. 당연히 장난인
줄 알았는데 그는 말을 마친 뒤 곧바로 자리를 떠버렸
다. 내가 유다라니. 이해가 전혀 안 되는 것은 아니었
다. 그는 나에게 함께 일하자며 몇 번이고 부탁 아닌
부탁을 했었다. 내가 뭐라고 그렇게나 제안하는 것 자
체에 나는 진심으로 고마운 마음이었다. 하지만 B 프
로그램으로 가버린 뒤 그는 꽤 섭섭한 마음을 가진 모
양이었다.

그렇게 물 흐르듯 사는 생존법은 우스꽝스럽게도
더 이상 먹히지 않았다. 물은 언젠간 두 갈래, 아니 몇
갈래로 나뉘는 법이다. 이제 나의 생존법을 수정할 때
가 온 것일까. 새로운 동료들과 함께 일하면 기존의 동
료를 잃는 것은 피할 수 없는 수순인 걸까. '유다 사건'
으로 인해 며칠간 마음이 싱숭생숭했다. 일보다 사람
이 쉬워질 수는 없는 모양이다.

프리랜서

조카 : 삼촌, 프리랜서가 뭐야?

삼촌 : 응, 어디에도 소속되지 않고 혼자서 일하는 직업이야. 삼촌도 프리랜서거든. 비록 4대 보험도 안 되고, 건강검진도 안 되고, 또 이름은 프리랜서라도 프리하지 않게 윗사람 눈치 보며 일하긴 하지만 그래도 행복하단다? 아참, 그리고 대출도 안 나오지만 괜찮아. 소속된 곳이 없어 여기저기 떠돌 수 있거든.

조카 : 아아, 프리랜서는 불법체류자구나.

2만 원짜리 모자

앞서 밝혔듯 모자를 즐겨 썼다. 집에 있는 모자 중 아무거나 하나를 골라 푹 눌러쓴 채로 지하철에 몸을 싣는 걸 좋아했다. 패션 아이템으로서 좋아한다기보단 모자가 주는 간편함이 좋았다. 머리를 아무렇게나 말린 뒤 빗질을 하거나 이런저런 헤어 제품들을 바를 필요가 없었으니까. 게다가 나는 저주받은 악성 곱슬머리라 바람이라도 부는 날에는 애써 만든 헤어스타일이 '초기화'됐다. 바람이 세게 불수록 가관이다. 그 지경이 되면 내 머리카락들은 엔트로피 증가의 법칙처럼 점점 더 혼돈에 빠지곤 했다. 메두사의 뱀 머리보다 내 곱슬머리가 훨씬 더 관리하기 힘들 것이다. 뱀의 피부는 촉촉하기라도 하지, 내 반항적인 머리카락들은 수세미처럼 빳빳했다. 잘못 낸 시험 문제처럼 어렵고 답이 없었다. 그런 나에게 모자는 못된 바람으로부터 나를 지켜주는 슈퍼맨 같은 존재였다.

엄마도 모자를 즐겨 썼다. 위암 진단 전부터 종종 쓰셨으니 원래 모자를 좋아했을 것이다. (이처럼 자식으로서 부모의 사소한 취향조차 등한시했다) 물론 항암 치료받기 시작한 후에는 머리카락이 우수수 빠지면서 그것을 가리기 위해 모자를 썼으리라. 그런 면에서 우리 모자母子는 서로 모자帽子로 이어졌다. 나는 곱슬머리를 덮으려 모자를 썼고, 엄마는 빠진 머리를 덮으려 모자를 썼다. 우리는 '바람'과 '발암'에 맞서 싸웠다.

처음으로 내 손으로 돈을 벌어 엄마에게 모자를 사드린 적이 있다. 코미디를 하겠다고 결심했을 때 떠오른 직업은 단 하나였다. 그때는 방송작가라는 개념을 잘 몰랐으므로 당연히 '개그맨'을 해야겠다고 마음먹었다. 즉시 행동으로 옮겼다. 개그맨을 한다고 무작

정 서울로 향한 것이다. 코미디를 하겠다고 부모님과 싸운 직후였으니, 한마디로 가출이었다. 당시에는 서울로 오면 어떻게든 꿈이 이루어질 것만 같았다.

띄엄띄엄 숙면을 취하던 노숙자들 사이에서 나는 뜬눈으로 밤을 지새웠다. 한겨울이라 그야말로 얼어 죽을 것 같았다. 잠잘 곳을 찾느라 영등포 일대를 정처없이 걸었던 나는 결국 발뒤꿈치가 까져서 피까지 났다. 이대로는 성냥팔이 소녀처럼 어떻게 될지도 모르겠다 생각한 나는 대피할 곳을 탐색했다. 그리고 찾았다. 바로 인력사무소. 일을 해서 현금을 쟁취해 잠잘 곳을 마련할 생각이었다. 인력사무소 실내는 오래된 난로 덕분에 정말이지 따뜻했다. 인력소장은 따뜻한 믹스커피를 주며 극진히 대우해줬다. 커피로 몸을 녹인 나는 해본 적도 없는 일을 달라고 말했다. 그러자 소장은 깡마른 나를 쳐다보며 사형 선고를 내렸다. '노가다를 하기에는 무리'라는 것이었다. 충격이었다. 당연히 누구나 할 수 있을 거로 생각한 일마저 거절당한 거였다. 가치 없는 잉여 인간이 따로 없었다. 이미 '코미디'는 안전에도 없었다. 내가 당장 굶어 죽게 생겼는데 빌어먹을 코미디는 무슨.

죽으라는 법은 없는 걸까. 우연히 주유소 모집 공고를 본 나는 까진 발뒤꿈치와 얼어붙은 몸을 이끌고 그곳으로 향했다. 거지꼴 행색을 하고서 면접을 본 뒤 나는 주유소에서 일하기로 했다. 숙식이라 잠잘 곳 걱정도 없었다. 이제야 코미디의 길로 나아갈 첫발을 내디딘 것 같았다. 하지만 코미디는 개뿔. 먹고 살기 위해 나는 '주유하는 법'부터 배워야 했다.

주유원의 업무는 간단했다. 일단 경비초소 같은 1평짜리 대기실에서 그저 대기하고 있어야 한다. 기름을 넣을 차가 들어올 때까지. 차가 주유소로 들어오면 파블로프의 개처럼 여닫이문을 드르륵 열고서 차를 향해 달려갔다. 그리고 주유를 마치고 나면 다시 감옥 같은 대기실로 복귀하는 것이다. 차에 기름 넣는 것은 그다지 어렵지 않았다. 차종에 따른 기름을 확인하고, (경유 차에 휘발유를 넣으면 노예가 되니 조심해야 한다. 수리비를 갚느라) 기름 뚜껑을 열고, 주유구에 기름 총을 넣기만 하면 된다. 이렇게 기름만 넣으면서 언제부턴가 농담보다 휘발유에 더 빠삭해진 기분이었다. 꿈이 현실에 잡아먹히는 중이었다. 그렇지만 나쁜 것만은 아니었다.

하지만 꿈과 현실의 괴리는 컸다. 개그맨이 되겠다는 꿈을 안고 상경한 나는 어느새 주유소 알바가 되어 있었다. 당시 사장은 월급 150만 원이 전액을 현금으로 봉투에 담아 지급했다. 무릇 행복은 돈으로 살 수 없다더니 그때 나는 세상 누구보다 충만하고 행복한 사람이었다. 행복은 어느 정도는 돈으로 살 수 있는 것 같다. 행복하지 않다 생각이 들 때면 혹시 돈이 모자라지는 않은지 한번 확인해보자.

담배 피우면 안 돼요?

나 : 여기서 담배 피우시면 안 돼요!

손님 : (담배 피우며) 왜요?

나 : (여기가 주유소인 것을 인지시킨다) ……다 죽는데요?

손님 : 아? (그러더니 몇 걸음 옆으로 가서 다시 담배를 피운다)

나 : …… 그냥 다 죽죠.

현금 다발을 들고 나는 파주로 금의환향했다. 그러고는 마치 졸부처럼 나는 부모님께 무엇을 사드릴지 고민했다. 나는 엄마에게 '모자' 하나를 선물로 드렸다. 고작 2만 원짜리 아디다스 모자. 겨우 2만 원밖에 안 하는 모자 말이다. 왜 그랬을까. 왜 더 좋은 걸 사드리지 않았을까.

후회되는 일

2012년. 장례식장에서 엄마를 떠나보낼 때 우리는 노잣돈으로 5만 원권 지폐를 넣었다.

그리고 지금 원 달러 환율이 고공 행진하고 있다.

아, 노잣돈 달러로 넣을걸.

그때보다 생활이 안정적으로 변한 요즘, 값이 나가는 물건을 살 때면 양심의 목소리가 들린다. 투병 중인 엄마에게 2만 원짜리 모자를 사드린 주제에 넌 지금 메종키츠네 맨투맨을 산다고?

타임머신이 있다면 그때로 돌아가 아디다스 모자를 드리는 대신 함께 제주도를 여행할 것이다. 내가 직접 차를 몰고 바다가 잘 보이는 해안에서 제주도의 바람을 느끼게 해드리고 싶다. 그리고 사진을 많이 찍어놓을 것이다. 성인이 된 후 엄마와 같이 찍은 사진이 하나도 없다. 각자 좋아하는 모자를 쓴 모자의 사진을 남기고 싶다. 아니, 부스스한 곱슬머리와 빠진 머리카락을 당당히 내밀고 같이 사진을 찍어도 좋을 것이다.

우리 모자母子는 부자富者가 되지는 못했지만
우리 모자지간에는 모자帽子 밖에 공통점이 없지만
우리 부자父子는 부자富者가 될 것이다.
우리 부자지간에는 모자帽子 이상의 호화를 누릴 것이다.

앞으로 아빠와 함께 엄마가 못 누린 것을 함께 누릴 것이다. 그러면 하늘에 계신 엄마 또한 좋아하시겠지. 샘내시진 않을 거다, 좌우지간 우린 모자지간이니까.

3 부

농담
실격

농담 실격

인생에서 크게 행복했던 기억이 많지 않은 것 같습니다. 저는 행복한 순간에도 문득 다음의 일을 걱정하곤 합니다. 스스로 불행해지는 능력을 타고났다고나 할까요. 이제는 불행이 행복이란 녀석보다 더 친근할 정도입니다. 아이러니하게도 저는 희극을 쓰는 일을 합니다. 나 자신은 불행한데 남을 행복하게 해주는 것이지요. 저는 그 일이 진심으로 좋았습니다. 훈련소에 입소하기 며칠 전까지도 희극을 쓸 정도였으니까요. 불침번을 서거나 행군할 때도 계속 아이디어를 적곤 했습니다. 그것이 저의 유일한 낙이었습니다.

정직 희극을 쓰는 저의 인생이 희극인지는 모르겠습니다. 인생은 멀리서 보면 희극 가까이에서 보면 비극이라는데, 저의 인생은 멀리서 봐도 가까이에서 봐도 적당히 행복한 때가 있었고, 적당히 불행한 때가 있었을 뿐입니다. 무엇이 웃긴 것인가, 라는 고민은 많았지만 내가 언제 행복한지에 대한 답은 아직 잘 모르겠습니다. 다른 사람들은 어떻게 살아가고 있는 걸까요? 저는 사람들의 시답잖은 모임에는 별 관심이 없고, 인터넷에서 저들끼리 뭉쳐 무슨 소리를 하는지도 모르겠습니다. 답을 정해놓고 공격할 대상을 찾는 수많은 무장 단체는 가끔은 혐오스럽기까지 합니다. 인간은 생각할 줄 아는 존재라는데, 그들은 두 번 이상 생각하기를 꺼리는 듯 보입니다.

농담을 만들어내기란 여간 힘든 일이 아닙니다. 정확히 말하자면 '좋은 농담'이고 더욱 솔직히 말하자면 '욕먹지 않는 농담'이라고 해야 할까요. 예전에는 먹혔던 농담들이 요즘에는 실격 처리받곤 합니다. 시대가 변했기 때문이지요. 나는 이 현상이 옳지 않다고 말하는 것이 아닙니다. 그저, 다자이 오사무의 《인간 실격》 느낌을 빌려 일종의 개인적인 어리광을 부리고 있는 것입니다. 진짜 목적은 농담에 대한 토로가 아닙니다. 농담의 창작과 수용, 불편한 코미디, 무해한 코미디, 비하, 당사자성, 정치적 올바름…… 이런 것을 말하려고 하는 것이 아닙니다. 저는 그저 '행복'에 대해 이야기하고 싶습니다.

참 웃긴 것은, 제가 농담에 입문한 이유 자체가 행복하지 않아서였다는 것입니다. 행복조차 자격이 필요한 것처럼 느껴집니다. 쉽게 행복해하는 사람에 비해 저는 그렇지 못합니다. 행복을 가져다줄 것 같은 일을 떠올리면 걱정거리가 금세 시야를 가립니다. 결국 일상에서는 행복을 찾기 힘들겠다 결론 내린 마음을 아시나요? 결혼까지 생각했던 사람도 결국 떠났고, 20년 가까이 된 친구들도 갈수록 불협화음이 생기고, 힘들 때 아이처럼 안기고 싶은 엄마도 이곳엔 없습니다. 그렇게 배제된 저는 다시 농담에서 행복을 찾기 시작합니다. 어쩌면 자극적인 표현과 함께요.

요즘은 왜인지 농담을 만드는 일이 즐겁지 않습니다. 행복하진 못해도 즐거운 일이 있다면야 불행은 눈치껏 한 걸음 뒤로 물러날 법한데, 이제는 즐거운 일에도 자격이 필요해 보입니다. 농담에도 자격이 필요한 시대입니다. 예전과 달리 농담을 만드는 동시에 이 농담이 실격인지 아닌지 하는, 온몸을 조이는 족쇄 같은 생각이 불현듯 찾아온다는 것입니다. 중세 시대의 무거운 철갑을 입고 움직이는 것 같습니다. 땀이 나고 버거운 일이 돼버렸습니다. 더는 마냥 즐겁지 않은 것이죠.

간곡히 바라건대, 제가 부도덕한 사람이 아님을 알아주셨으면 좋겠습니다. 나쁜 농담과 좋은 농담이 있을 순 있겠습니다만 어느 것이든 나름대로 어떤 소재에 천착한 결과임을 알아주셨으면 좋겠습니다. 아니, 그걸 알 필요까지도 없겠습니다. 제가 바라는 가장 이상적인 상황은, 그저 웃긴 농담엔 웃고 안 웃긴 농담엔 안 웃는 것입니다. 비록 어떤 농담이 실격될 순 있겠습니다만, 그걸 내뱉은 인간을 실격시키지 않아주셨으면 합니다. 물론, 계속 똥 같은 농담(농담이라고 부를 수 있겠는지는 모르겠지만)을 배설한다면 부득이하게 농담 혹은 인간을 실격시킬 수밖에 없겠지만요.

한국에서 고졸로 살아남기

나는 고졸이다. 이 말을 하면 사람들의 반응은 두 가지로 나뉜다. 하나는 "우와, 대단하시네요" 혹은 "멋져요"(뭐가 멋지다는 건지 정확히는 모르겠지만)라거나 "요즘은 학력 같은 거 상관없잖아요"라고 한다. 다른 하나는 '……'와 같은 반응이다. 후자의 반응에서 주의 깊게 봐야 할 것은 저 '……'의 몇 초간 정적이다. 고졸이라는 정보에 몇몇 사람들은 머리가 복잡해지는 모양이다. 고졸을 상대해본 적이 없는 것처럼 군다. 아마도 그럴 것이다. 한국 사회에서는 대학 졸업장이 기본인지라 나 같은 사람은 희귀종이자 별종이 된다.

방송작가라는 직업이 학력을 보지 않는 터라(막내 작가는 사실상 현대판 노예를 뽑는 일이라) 다행이었다. 농담처럼 참으로 평등한 세계였다. 이곳에선 논문이 아니라 콩트를 쓰면 됐다. 삼차방정식이나 적분(고졸이라 이런 것밖에 모른다)은 필요 없었고, 그저 사람들을 웃기기 위한 모순적인 상황만을 끝없이 짜낼 뿐이었다. 이런 피 말리는 회의가 대학 수업보다 훨씬 어려우리라 감히 말해본다. 물론 나는 대학을 다니지 못해 직접 비교할 수 없었다. 나중에 대학을 나온 동료에게 물어보니 당연히 나는 돈을 받고 하는 이쪽 일이 더 어렵겠다고 대답했다.

학생증이 주민등록증만큼 널린 대한민국이지만 고졸로 살기는 생각보다 어렵지 않다. 사실상 불편한 건 별로 못 느낀 것 같다. 방송작가 일을 하기 전에는 여러 아르바이트를 전전했다. 주유소나 물류 작업, 레스토랑 주방보조(크리스마스 시즌에 시작했다가 너무 힘들어 하루 하고 때려치웠지만) 등등. 화장품 가게에서 인형 탈 알바도 했었다. 어린아이들이 인형 탈을 쓴 내 뒤

통수를 치고 도망가는건 조금 서러웠다. 유명 디스플레이 회사의 연구원 보조 업무도 해봤다. '단순 아르바이트'를 하는 데 고졸이라 기회를 박탈당하거나 하는 일은 생기지 않았다. 모든 국민은 평등하다는 헌법은 이 영역에서만큼은 그런 대로 잘 지켜지는 것 같다.

고졸로서의 고충은 비교적 최근 생겼다. 대학교를 배경으로 대본을 써야 할 때가 문제였다. 방송의 기획은 대중들의 공감을 많이 받아야 하는 바, 그에 걸맞은 장소로는 주 시청층인 청년들의 대다수가 속했거나 속한 적이 있는 대학교가 적합했다. 그런데 나는 고졸이다. 좋은 대본을 쓰기 위해서는 고증이 필요하니, 어쩔 수 없이 주변에 묻거나 인터넷에 접속해서 대학교에서 일어나는 일들을 찾아볼 수밖에 없었다. 하지만 직접 경험해본 것과 조사해본 것에는 차이가 있는 법. 내가 대학교를 배경으로 쓴 대본은 디테일이 떨어졌다. 회의를 통해 보강하긴 하지만, 고졸의 작가로서 꽤 난감했던 경험이었다. 나는 대학 캠퍼스를 배경으로 한 드라마나 시트콤에 불리할 수밖에 없다. 등장인물의 과거를 설정할 때 대학 전공 과목이나 대학에서의 경험이 중요한 영향을 미칠 수도 있을 것이다. 고졸은 그런 부분들을 '상상'이나 '조사'에 의존할 수밖에 없다. 오호통재라⋯⋯.

이럴 땐 돈을 주고라도 사고 싶다. 대학 학위가 아니라 대학에 대한 경험 그 자체를. 역시 경험은 돈 주고도 못 사는 건가 보다. 비싼 등록금을 내며 대학을 다니는 데는 다 이유가 있다. 그나마 요즘엔 대학생 브이로그가 많아져 다행이다. 유튜브를 통해 간접적으로 대학생이 된 기분을 누릴 수 있으니. 고졸에게 정말 다정하고 친절한 세상이다.

'대학교를 배경으로 대본을 쓸 때' 말고는 고졸도 살 만하다. 고졸이라고 버스나 음식점에 출입을 제한받는 것도 아니니까. 클럽에서 못 들어가게 막힌 적은 있었지만, 그건 고졸이라서가 아니라 내 스타일(죽어도 얼굴이라곤 하지 않는다)의 문제일 것이다. 어쨌든 고졸도 대졸과 똑같이 산다. 편의점에 가서 물건을 고르고 신용카드를 내밀어 계산을 마친 뒤 거래를 끝마친

다. 대졸이라고 편의점에서 삼차방정식이나 미분 적분(다시 한번 말하지만 고졸이라 이것밖에 모른다)을 쓰진 않지 않나. 고졸이나 대졸이나 학력에 상관없이 둘 다 원 플러스 원 물건을 살 뿐이다. 우리는 모두 삶에서 그저 개이득을 바랄 뿐이다.

고졸 VS 대졸

고졸 : 넌 대학 왜 갔냐?

대졸 : 돈 때문이지. 고졸보다 대졸이 연봉 높게 받잖아.

고졸 : 그래? 난 대신 일을 일찍 시작했지. 누가 더 잘 버는지 볼까?

대졸 : [잔액 -20,000,000원. 학자금 대출] 아…….

고졸 : [주식 -20,000,000원. 평가 손익] 아…….

세상은 공평했다.

고졸로서 가장 불편한 건 몇몇 사람의 '시선'인 것 같다. 하루는 택시를 탔는데 직업이 방송작가라고 말하자 나이 지긋하신 기사님이 대단하다고 말했다. 한

창 나보고 히트작을 내라는 둥, 믿는다는 둥 이야기를 하시다가 대학교는 어디 나왔냐고 묻는 것이었다.

대학 안 가고 고졸입니다.

그러자 정적이 흘렀다. 말 그대로 3초 정도 무음이었다. 그러더니 마침내 흰머리의 기사님은 입을 여셨다.

……그럼 안 될 텐데.

이어서 남보다 몇 배의 노력을 해야겠다며 조언을 주셨다. 상처받지는 않았다. 시간을 투자해 대학에서 공부한 사람들보다 몇 배는 노력해야 한다는 현실적인 조언을 어르신 나름대로 내게 해주신 거니까.

복지관에서 사회복무요원으로 일을 할 때였다. 일한 지 얼마 안 돼서 나에 대해 많이 알지 못했던 팀장님은 이것저것 질문하다가 결국 다음과 같은 말을 남겼다. "대학은 어디 나왔어요?" '당연히' 대학을 나왔을 거라는 전제까지는 괜찮다. 나는 "저는 대학 안 가고 고졸입니다"라며 자연스럽게 대답했다. 결정적 문장은 곧이어 팀장님의 입에서 나왔다.

어이쿠, 미안해요.

고졸이라고 하자 미안하다고 사과했다. 뭐가 미안한지 잠시 어리둥절했다. 그렇게 우리의 대화는 단절됐다. 나는 아직도 뭐가 미안한 건지 온전히 이해하지 못한다. 짐작건대 명문대를 나온 팀장님은 '고졸'이라는 것이 열등감을 불러일으킬 만한 요소였겠거니 생각한 모양이었다. 나는 이때의 사과를 '편견 있는 배려'라고 칭하기로 했다. 뭐, 어쨌거나 공짜로 사과를 받았으니 이득이라고 생각한다. 사실 공짜 사과는 필요없다. 그렇게 사과를 하고 싶으면 사과 대신 애플 아이폰이나 사주시던가. 나는 관념적인 사과보다 눈에 보이는 애플 아이폰이 좋다. 아무래도 고졸이라 관념적인 것을 싫어하는 모양이다.

암 걸리겠다는 표현

요즘 인터넷을 하다 보면(간혹 일상에서도) '암 걸린다'는 표현을 종종 보게 된다. '답답하다'나 '짜증 난다'는 심정을 좀더 강한 어조로 말하기 위해 쓰는 듯 보인다. 엄마가 위암으로 돌아가신 나로선 이런 표현을 볼 때마다 소위 '불편'해지는데, 그렇다고 댓글을 달거나 신고 버튼을 누르지는 않는다. 해당 표현을 쓰는 사람 대부분이 '암 환자'에 대한 악의적인 감정으로 그런 건 아닐 테니까. 문제는 '이게 뭐가 불편해?'라고 나올 때다. 나는 '불편함'과 '개인의 자유' 중 어떤 것을 우선으로 해야 하는가에 대한 해답을 아직 찾지 못했다.

가끔은 혼란스럽기까지 하다.

암 걸리겠네

B : 아 ㅋㅋ 직장생활 암 걸리겠네.

나 : 저기요. '암 걸린다'는 표현은 조금 불편한데요.

B : 왜요? 스트레스 받아서 암 걸릴 거 같다는 건데. 과학적인
   팩트잖아요.

나 : 그래도 누군가에겐 불편할 수……

B : 뭐가 불편하죠? 그럼 암 걸린다는 표현 말고 뭐라 해요? 그
   냥 짜증 난다고 할까요? 그걸로는 제 마음이 표현되지 않는
   데요? 왜 제 '표현의 자유'를 억압하시죠? 님이 제 자유를
   억압해서 저야말로 '불편'하네요. 이건 어떻게 생각하시죠?
   네?

나 : (아, 진짜 암 걸리겠네.)

물론 나도 불편함을 '받는' 입장에서 반대로 불편
함을 '주는' 입장이 되기도 한다. 방송작가로, 더군다

나 코미디 작가로 일하다 보면 의도치 않게 누군가의 마음에 상처를 주는 일이 잦다. 농담을 만들다 보면 나도 모르게 완성된 농담에 가시가 돋아나 있는 걸 발견한다. 그러면 해당 표현을 걷어내거나 혹은 기나긴 회의를 거쳐 아예 새로운 농담을 주섬주섬 만들기도 한다. 웃음은 고행길이다. 대다수가 웃고 있지만 누군가가 울고 있다면, 그것이 설령 의도치 않았더라도 창작자들에게 치명타다. 그래서 검수, 또 검수해야만 한다. 방망이를 깎듯 가시를 걸러낸다. 이것이 불편함에 대한 창작자의 당연한 태도이니까.

  따라서 나는 불편함에 대해 양가적 감정이 있다. 어떤 불편함을 느끼기도 하고, 어떤 불편함이 거슬리기도 한다. 전자는 '평상시의 나'일 것이고, 후자는 '방송작가로서의 나'일 것이다. 모순적이게도 누군가를 보며 '어떻게 저런 불편한 말을……' 생각하다가도, 내가 만든 농담에 불편해하는 누군가를 보면서 '이게 뭐가 불편해?'라고 생각하는 것이다. 나는 피해자인 동시에 가해자다. 역시 나는 농담처럼 모순적인 사람인 것 같다.

이처럼 양쪽에 걸쳐진 나는 불편함과의 불편한 싸움을 이어가고 있다. 말을 과하게 뱉는 사람들과 과하게 봉쇄하는 사람들. 어디서나 극단적인 사람들은 있다. 그들은 늘 화가 나 있으며 서로를 혐오하고, 누군가는 이들을 부추긴다. 나는 이 민감한 영역 속에 발을 걸친 채 고독한 자책을 반복하며 정답을 찾고 있다. 어쩌면 불편함을 아예 없애겠다는 생각이 잘못된 건지도 모르겠다. 불편함 없이 편하게 살려는 마음 자체가 욕심인 것 같기도 하다.

코미디 작가인 나는 자유롭게 농담을 만들고 싶고, 엄마 없는 나는 암 걸린다는 표현을 쓰지 않았으면 한다. 코미디 작가인 나는 가끔 불편함을 듣기 싫어하고, 엄마 없는 나는 가끔 불편함을 들어줬으면 한다. 여전히 나는 혼란스럽다. '확찐자'나 '식폭행' 같은 예능 자막을 보며 누군가는 센스 있다며 재미있어 한다. 그러면 나는 작가로서 '자막 잘 만들었다'라고 생각하다가도 이내 불편할 여지가 있겠다는 생각이 튀어나온다. 누가 정답일까? 나와 내가 내 안에서 싸운다. 편해지려 하는 동시에 불편해지려 한다. 편한 밤이 되기는 글렀다. 이러면 안 되는데. 이런 잠이 오지 않는 밤은 정말이지, 암 걸릴 것 같은데……. 어느덧 잠자리가 불편해졌다.

　꿈에서는 부디 불편함이 없는, 편한 세상이 왔으면 좋겠다. 나는 기도한다. 내가 만든 모든 농담에 불편함이 없기를, 내가 듣는 모든 말에 불편함이 없기를. 분노와 혐오는 없고 끝내주게 웃긴 농담만 남아 있기를. 그래서 모든 사람이 이 '분노의 병'에서 치유되기를. 꿈에서만큼은 그랬으면 좋겠다. 꿈에서는 불편함이 없기를, 복잡한 마음이 편해지기를. 아, 마음이 편하기 위해 어떤 꿈을 꿔야 할지 문득 알 것 같다. 그래, 서울의 노른자 땅 위에 있는 '이 편한 세상' 아파트를 내가 갖고 있기를! 아아, 이것이 진정한 이 편한 세상! 어느덧 잠자리가 편해졌다.

엄마의 성씨는
어디로 사라졌나

인천에 이사 와 좋은 것 중 하나는 아라뱃길이다. 걷기와 커피는 소소한 나의 취미다. 커피를 들고 자유롭게 거니는 것만큼 마음이 정화되는 시간이 없다. 인적이 드물고 자연 친화적인 곳일수록 더 좋다. 걸으면서 각종 아이디어를 짜내곤 하는데 주변에 사람이 많으면 신경이 분산된다. 그래서 나는 사람이 바글바글한 한강공원보다 한적한 아라뱃길이 훨씬 좋다. 돗자리를 깔고 앉아 다닥다닥 붙어 있는 한강공원의 사람들이 나는 존경스럽다. 몇 번 가본 나로서는 '한강이 뭐가 저렇게 좋다고' 하는 저항감도 생겼다. 한강 근처에 살라고 해도 굳이 살지는 않을 것 같다. 미안하다. 거짓말이다.

　아라뱃길은 걷기뿐 아니라 달리기를 하기도 좋다. 주로 해가 진 저녁이나 밤에 뛰는데, 그때는 인적이 드문 곳이 아니라 아예 없는 곳이 돼버린다. 변덕스럽게도 어두컴컴한 밤이 되니까 사람이 몇 명 있으면 좋겠다는 생각이 든다. 물론 '이상한 사람 몇 명'이 아니라 '정상적인 사람 몇 명' 말이다. 밤길을 혼자 걷거나 뛰고 있으면 몇 번씩 괜히 뒤를 돌아보게 된다. 이럴 땐 작가인 것이 해가 된다. 상상력을 발휘해 각종 범죄를 연이어 떠올리곤 하니까.

　하지만 이것은 상상만은 아니다. 아라뱃길은 뉴스에 사건 사고로 몇 번 크게 나온 적 있다. 장소는 같았지만 낮과 밤은 이렇게 달랐다. 낮에는 사람이 없었으면 하는 '취향' 문제였지만 밤에는 이상한 사람이 없었으면 하는 '생존'의 문제였다. 남자인 나조차도 밤길은 무서웠다. 예전에 동료 여성 작가가 한 말이 기억났다. "밤에 달리기하러 간다니 부럽네". 짧지만 진심이었다. 그녀는 밤에 자전거를 타고 싶지만 무서워서 나가지 못한다고 했다. 그때 내가 뭐라고 답했는지 기억이 안 난다. 무슨 말을 해야 할지 몰라서 아무 말도 하지 않았던 것 같다.

남자라서 밤길이 '덜' 무서웠던 것은 맞다. 남자와 여자에 대해 이야기하는 것은 늘 조심스럽다. 방송작가라로 일할 때는 더욱 그렇다. 그래서 나는 남자와 여자가 '지금 어떻고' '이래야 한다' 같은 말은 좀처럼 꺼내지 않는다. 혹자는 겁쟁이라고 할 수도 있고 방관자라고 욕할 수도 있겠다. 사실 겁이 많아 방관하며 몸을 사리는 것도 맞는 것 같다. 하지만 예상되는 리스크를 줄여야 하는 직업적인 족쇄가 있다고 변명을 해본다. 논란이 생기면 나의 커리어는 끝날 수 있다. 그래서 내 입으로 내 의견도 말하지 못하게 된 것이다. 그렇다, 나는 회색분자다. 적당히 먹고살기 위해 혓바닥을 사리는 회색분자.

얼마 전, 십대의 성性에 관한 웹드라마를 쓴 적이 있는데 쉽지 않았다. 내용을 간단히 말하자면 '자위 중독'에 빠진 남학생의 이야기로, 혈기 왕성한 남학생이 좋아하는 같은 반 여학생에게 고백하기 위해 100일

동안 자위를 멈춘다는 내용이었다. 흥행에는 그다지 성공하지 못했지만 나에게는 뜻깊은 작품이다. 하지만 주변 어른들에겐 작품에 대해 쉽사리 말하지 못한다. '자위'에 대한 내용이라고 어떻게 말하겠는가.

성은 부끄러운 게 아니고 성역도 아니다. 하지만 갈수록 성에 대해 말하는 것이 어려워진다. 침묵은 금이라지만, 영원한 침묵은 독이라고 생각한다. 더군다나 나는 농담을 만드는 사람인데 언제까지나 침묵할 수는 없는 노릇이다.

그러고 보면 성性과 성姓은 그 글자처럼 이어지는 듯하다. 나는 김씨인데 돌아가신 우리 엄마는 여씨다. 그래서인지 가끔은 나에게 여씨 성의 피가 흐른다는 것을 깜빡 잊곤 한다. 분명 나는 절반만 김씨인 혼혈(하프 김씨, 하프 여씨)인데, 평생을 김씨로만 사는 것이다. 이 또한 성평등이 아닌 것 같다. 잃어버린 엄마의 여씨를 되찾아야 할 것 같다.

Miss

잃어버리다와 그리워하다 모두 miss다. 당신의 성씨를 잃어버려서 당신을 그리워하는 건지도 모른다. 나는 '김'현민인 동시에 '여'현민이다. 후자는 발음에 좀 조심해야 할 것 같다. 난 그런 사람이 아니니까.

성평등

엄마 : 우리 아들이 다 컸네. 자기 이름의 역사에 대해서도 물어보고.

아빠 : 예전에는 자식은 아버지의 성씨만을 따랐단다. 하지만 세상은 점차 바뀌었지.

엄마 : 꼭 아빠의 성씨뿐만 아니라 엄마의 성씨를 따라도 되는 세상이 온 거야.

아빠 : 고민 끝에 우린 너의 이름에 둘 다 붙이기로 했단다.

엄마 : 엄마의 성씨와 아빠의 성씨 모두를 말이야.

아빠 : 이제 설명이 좀 됐니 민수야?

자위민수 : 아.

민수의 눈에선 왠지 눈물이 흘렀다.

농담이다. 나는 그저 밤이 되어도 누구나 아라뱃
길을 맘 편히 걸을 수 있기를 바랄 뿐이고, 내 절반의
성씨가 잊히지 않기를 소망할 뿐이다. 그것뿐이다.

동경과 오사카

니쥬, 시바이, 오도시. 코미디 현업에서 실제로 많이 쓰이는 단어일 것이다. 나 또한 과도한 일본어 사용에 거부감이 들었지만, 어쩌겠는가. 언어는 소통을 위해 존재하는 걸 텐데 다른 사람들이 다 쓰는 은어를 혼자 격렬히 반대할 수는 없었다. 대체어도 딱히 마땅치 않다. '시바이しばい'를 위한 세팅 단계인 '니쥬にじゅう', 웃음이 터지는 구간인 '시바이おとし', 웃음의 최고조를 칭하는 '오도시おとし'. 이 용어를 막상 한국어로 치환하면 북한말처럼 될 것이다. '웃음 준비', '웃음 폭탄', '웃음 핵폭발'처럼 말이다(직관적이어서 나름 괜찮은 것 같기도 하다).

내게는 코미디 업계에서 동경하는 사람이 몇 있다. 일단 가장 먼저 나올 인물은 마츠모토 히토시다. 학창시절 단짝인 하마다 마사토시와 함께 '다운타운'이라는 콤비를 결성한 일본 코미디계의 천재 게닌(일본에선 개그맨을 게닌이라고 부른다)이다. 그는 이십대 초반의 젊은 나이에 오사카에서 데뷔에 성공해 이윽고 도쿄까지 장악했다고 한다. 그런데 마츠모토 히토시도 니쥬, 시바이, 오도시란 단어를 쓸까? 문득 궁금하다.

일본 코미디(정확히 말하자면 마츠모토 히토시)에 강렬한 영향을 받은 나는 이후에는 미국 코미디가 눈에 들어온 것이다. 그중 스탠드업 코미디언인 루이 c.k와 애니메이션 제작자 트레이 파커가 동경의 대상이다. 잠깐 또 용어를 재미로 짚고 가자면, 미국 스탠드업 코미디에서는 '셋업set up', '펀치라인punchline' 그리고 '태그tags'라는 단어를 쓴다고 한다. 그러니까 일본 코미디 용어와 비교하자면 각각 순서대로 니쥬, 오도시, 시바이라 말할 수 있겠다(태그는 펀치라인 뒤에 덧붙이는 마무리 농담 같은 것이라고 한다). 사실 이런 용어보다 특유의 감성(개성)이 요즘엔 훨씬 중요한 것 같다. 루이 c.k는 특유의 찌질한 중년의 남성을 독보적으로 표현(연기)해내고, 트레이파커는 〈사우스파크〉라는 블랙 코미디 애니메이션을 통해 사회 전반을 신랄하게 풍자한다. 미국 코미디가 일본 코미디와 다른 점은 기저에 풍자가 깔려 있다는 점이다. 이는 한창 SNL 작가로 일하던 나에게 큰 도움이 되었다.

그렇게 세 명의 동경하는 영웅이 내 마음속에 자리 잡은 지 몇 년째, 내 열정이 식은 건지 아니면 내 취향에 맞는 위인이 없는 건지 더 이상 '코미디 히어로'는 나타나지 않았다. 그러던 중 동경하는 사람 아니 작품을 발견했다. 바로 〈에브리씽 에브리웨어 올 앳 원스〉라는 영화였다. 영화관에서 나는 눈물이 글썽였다. 슬픈 장면에서가 아니었다. 중간중간 말도 안 되는 코미디 시바이를, 너무나도 개연성(의미) 있게 녹여냈다는 점에 감명받았기 때문이다. '웃기기만 한 농담'에 대해 고민하고 있던 시기였다. 웃기기만 농담의 휘발

성에 대한 고민이 컸던 내게 그 영화는 '농담에 의미를 집어넣는 법'을 넌지시 알려주었다.

이렇게 차곡차곡 동경의 대상이 늘어나면서 나의 코미디도 조금씩 진화했다. 일본, 미국, 콩트, 정극 등이 뒤죽박죽 섞여 시너지를 발한 것이다. 슬픈 점은 내가 아무리 발버둥 쳐도 그들을 따라잡기는 힘들어 보인다는 것이다. 천재는 타고난 것인지 그들의 전성기는 이십대의 이른 나이에 시작되었다. 부처를 만나면 부처를 죽이라는데 마치 아킬레스와 거북이의 패러독스처럼 내가 한 발자국 다가가면 그들은 멀찌감치 나아가 저 멀리 보이지 않는 곳에 서 있었다. 씁쓸한 점은 이뿐만이 아니었다. 최근 동경하던 영웅들이 갑자기 몰락하는 것이다. 그들의 코미디 감각이 무뎌지는 차원의 문제가 아니었다. 어이없게도 성추문의 당사자가 된 것이다.

부처에게 다가가기 위해 열심히 달리고 있는데 갑자기 그가 혼자서 죽어버린 것이다. 오사카를 호령하던 그 남자는 최근 모든 프로그램에서 하차하게 되었고,

나의 동경 리스트에는 최초로 구조 조정이 일어났다.

스무 살인 나를 코미디의 길로 인도했던 영웅치고는 궁색하고 추악한 퇴장이다. 웃기게 퇴장할 줄 알았는데 우습게 퇴장할 줄이야. 오사카의 별은 이제 별 볼일 없이 추락하고 말았다. 천재의 말로가 이토록 허망할 수 있나 싶지만 뭐 어쩌겠는가. 나는 또 새로운 동경을 찾아 이 바닥을 이리저리 헤매고 다닐 것이다.

굿바이 마이 히어로.

구인 공고

제목 : 롤 모델 구함.

급여 : 폼 유지비, 품위 유지비.

내용 : 헛짓거리 안 하고 미친 듯이 코미디만 하면 됨.

노인을 위한 낙원은 없다

'실버타운'에 관한 드라마를 기획한 적이 있다. 본래 시트콤 공모전에 당선된 것이었지만 드라마로 장르를 바꾼 것이다. 노인에 관한 자료조사가 필요했다. 노인 하면 떠오르는 '느림', '주름', '검버섯' 그리고 '죽음' 같은 이미지에 나는 흡착기처럼 달라붙었다. 내 안에 장착된 농담 엔진이 저런 요소들로 재밌는 장면을 만들자며 아우성을 치고 있었으니까. 누군가를 격하시키면 쉽게 웃음을 만들 수 있다. 동시에 누군가가 불편해진다는 사실에는 흐린 눈을 해야 한다. 나는 이에 대해 꽤 오랜 시간 고민했다.

늙는다는 건 참으로 무섭다. 분명 어릴 때는 성숙해진다는 말을 썼는데 언제부턴가 늙는다는 표현을 쓴다. 앞으로 늙을 일만 남은 것이다. 나도 벌써 하얀 머리카락이 듬성듬성 보이고, 더 이상 지하철 시간에 맞춰 뛰질 않고 그냥 다음 거 타지 뭐, 생각해버린다. 늙으면 목소리가 커진다고 한다. 청력이 약해지기 때문에 어쩔 수 없이 엉뚱한 목청이 커지는 것이다. 어릴 때부터 목소리가 작던 나도 나이가 들면 쩌렁쩌렁한 목소리를 갖게 될까? 그것 하나는 좀 기대된다.

시트콤이 아닌 드라마로 선회한 이상, 마냥 웃음만을 위해 달릴 순 없었다. 혹여 시트콤이었을지라도 농담과 웃음에 의미가 있어야 할 터. 마냥 노인을 놀린다면 웃긴 장면이 나올 순 있겠지만 이내 공허해지고 말 것이었다. 나는 자료 조사차 종로에 가보기로 했다. 때마침 종로에서 '실버 세대'에 대한 특강이 열렸다. 결정적으로 종로에는 낙원상가와 탑골공원이 있었다. 그야말로 노인들이 모이는 낙원이자 성지인 것이다.

종로3가역에 내려 화장실에 들른 나는 소변기마

다 놓인 비아그라 광고 명함을 발견했다. 거기에는 '강한 남성! 시원한 오줌!'과 같은 문구가 적혀 있었다. 하지만 광고에 눈길을 주는 이는 거의 없었다. 아직 나는 죽지 않았다는 듯, 볼일을 마친 어떤 노인은 세면대를 거치지 않고 쿨하게 화장실 밖으로 나섰다. 보지도 않고 닦지도 않는 그의 모습이 참 인상 깊게 남아 있다.

역에서 내린 나는 한때 전성기를 구가했던 낙원상가를 지나 탑골공원에 도착했다. 송해 할아버지가 자주 갔다던 국밥집 앞, 따사로운 오후의 햇살 아래 노인들이 삼삼오오 장기를 두었고 장기판 주위로 노인들이 둥글게 모여 있었다. 장기 게임은 동시다발적으로 열려 동그라미가 곳곳에 포진한 모양이었다. 이런 광경을 언제까지 볼 수 있을까? 많은 사람이 온라인으로 게임을 즐기는 요즘, 살을 부대끼며 재밌는 무언가를 구경하는 모습은 마지막 남은 아날로그 세대의 기품을 보여주는 것 같았다. 이윽고 그들의 "어허!", "거기다 두면 안 되지!"와 같은 목소리가 들려왔다. 노쇠한 활력이 느껴진 그곳은 평화적인 동시에 역동적이었다.

　장기를 좋아하는 나는 본격적으로 그들 속에 들어가 노장들의 대국을 제대로 감상하고 싶었지만, 갈 길이 바빴다. 특강이 열리는 장소로 바삐 걸음을 옮기고 있는데, 중년과 할머니 사이(요즘엔 할줌마라고도 한다)로 보이는 어느 여성분이 나를 멈춰 세웠다. 얼핏 보니 친구들과 종로에 놀러 온 모양인데, 사진을 한 장 찍어 달라는 것이었다. 나는 난감한 얼굴로 대답했다. "죄송한데 제가 지금 바빠 가지고……". 아쉽다는 얼굴을 한 그녀는 이해한다는 듯 곧바로 뒤로 물러났다. 그렇게 나는 특강에 겨우 제시간에 도착했고, 전문가가 주는 실버 세대에 대한 정보를 머릿속에 욱여넣었다. 그래, 드라마에 도움이 되겠어, 같은 일말의 뿌듯함을 느끼던 찰나 뒤늦게 쓴웃음이 몰려왔다. 가만, 지금 눈앞의 저 이론뿐인 강의를 메모하고 있다고? 노인분들 사진 찍어주는 것보다 정녕 이게 더 중요하다고? 나는 모순적인 근시안이었다. 아아, 그 사진 한 장이 뭐 그리 어렵다고. 나는 대체 무엇이란 말인가. 바로 눈앞에

서, 그들 날것의 얼굴과 기운과 인생을 경험할 수 있었
는데 어처구니없게도 실버 세대 특강을 듣는다는 명
분 하에 기회를 놓쳐버렸다. 그런데도 노인을 주제로
한 드라마를 하겠다니. 블랙코미디의 멍청한 단역이
된 것 같았다.

　다행인지 불행인지 실버타운을 소재로 한 드라마
는 끝내 무산(편성이 불발)되었지만 여전히 내 마음에
의문은 남아 있다. 노인을 위한 낙원은 존재할까? 내
가 노인이 됐을 무렵, 사진 한 장 찍는 것은 지금보다
쉬워질까, 아니면 점점 더 어려워질까. 나는 늙는 게
무섭다.

노약자석

경의선을 타면 등산복을 입은 노인들이 노약자석에 앉아 있다.

근데 산을 탈 정도면 나보다 튼튼한 거 아닌가?

이건 왜 하는 거지?

회의의 연속이었다. 아이템 A를 회의하고, 그 다음 아이템 B를 회의하고, 그러고는 대본 A를 회의한다. 중간중간 '담타'라고 불리는 흡연 겸 휴식 시간이 있었지만 나는 비흡연자였기에 그냥 회의실에 대기했다. 담타 후 또 회의가 계속됐다. 아이디어를 모으고, 가장 나은 것을 채택했다가 그 아이디어의 문제점이 발견되면 다시 또 아이디어를 모았다. 격주로 운영되는 두 팀에서 각각 10여 명의 작가가 머리를 맞댔다. 회의 초기에는 각자의 스타일대로 아이디어를 개진하지만, 중후반이 되면 모두의 아이디어가 어느 하나의 결로 모이는 게 신기했다. 아직도 이 현상이 좋은 것인지 나쁜 것인지 모르겠다. 좋게 해석하면 '합의'가 이뤄진 것이고 나쁘게 해석하면 어느 한쪽의 의견을 포기한 걸 테니까.

이렇게 고난의 행군을 거치면 '높으신 분'이 회의실에 들어오는 절차가 남는다. 당시 '국장님'으로 불리던 그분은 회의 결과를 듣고는 묵묵히 생각에 잠기곤 했다. 그분이 오케이 해야 비로소 회의가 끝나는 것이었다. 그 회의실의 모두가 속으로 '제발 좀 좋다고 해!'라고 외쳤을 것이다. 생각 끝에 국장님의 입에서 "그렇게 해봐"가 나오면 우리는 입꼬리가 올라간 채 퇴근 준비를 했지만, 반대로 "애매한데"가 나오면 퇴근은커녕 2차 회의에 돌입해야만 했다. 지금까지 했던 걸 또 해야 된다고? 자연스레 국장님은 공공의 적이 되었다. 하지만 그의 의견은 논리적이었기에 반박하기 어려웠다. 그래서 더 얄미웠다.

국장님이 버릇처럼 하던 말이 있었다. 몰래 온 손님처럼 아이템 회의에 들어오던 그는, 프린트된 아이템들을 쭉 살핀 뒤(사실 그는 회의에 들어오기 전부터 미리 읽어 온 상태지만) 우리가 가장 싫어하는 그 말을 기어코 날렸다.

"이건 왜 하는 거지?"

언뜻 철학적이기까지 한 이 문장은 그의 유행어였다. 웃기자고 하는 프로그램에서 왜 하느냐니. 당연히 웃기려고 하는 거죠, 라는 표정이 역력한 작가들이었다. 국장님은 이어서 아이템을 낸 당사자(작가)와 심층 면접에 들어간다. 이런 아이템을 낸 이유를 말해보라는 것이었다. 막내 작가의 경우에는 우물쭈물하거나, 아니면 '요즘 유행해서', '시의성이 있어서'와 같은 말로 자신의 아이템을 보호했다. 만약에 납득이 된다면 "그래"라고 짧게 대답하고 회의실을 나가는 그였지만, 어떨 때는 자리에 앉아 말없이 고개를 끄덕이기만 했다. 그러면 또 회의실에는 잠시 정적이 흘렀고, 좀처럼 그의 속을 알기 힘들었던 나는 '그런 질문하지 말고

그냥 아이템을 정해줬으면!' 싶었다. 하지만 '이건 왜
하는 거지?' 질문 말고도 하나가 더 남아 있었다.

　"이건 왜 웃긴 거지?"

　'몰라, 모른다고!', '그냥 웃긴 걸 웃기다고 느낀 건
데 왜 웃기냐니!' 반사적으로 이런 말이 떠오를 수밖
에 없었다. 참고로 거친 표현은 생략한 것이다. 아이디
어나 대본을 까기만 하던 그가 정말 얄미웠지만, 좋으
나 싫으나 그는 SNL의 유일한 수뇌부였다. 내가 막내
작가일 때부터 높은 자리에 있던 그는 갈수록 직급이
높아지더니 지금은 무려 어느 제작사 겸 엔터사의 대
표직에 있다. 나는 그의 질문이 두 가지의 의도를 가졌
다고 추측한다. 하나는 '이 아이템은 안 웃긴데 꼭 해
야만 하는 다른 의미가 있나?'를 물은 것일 수도 있겠
고, 다른 하나는 반대로 '웃기긴 한데 지금 이걸 사회
에 내놓아야 하는 근본적인 이유가 있나?'라는 뜻일
것이다. 뿌리 없는 농담은 '왜'라는 질문에 처참히 휘

발되니까. 뿌리 없는 농담은 자신을 보호하지 못한다. 농담에도 급이 있다는 것이다. '왜'라는 태생을 가진 농담은 뿌리 깊은 나무처럼 오랜 생명을 유지할 수 있고 애초 계획했던 것보다 더 크게 성장해 주변에 파급력을 미칠 수도 있다. 농담에 함유된 의미가 보는 사람에 따라 또 다른 의미를 가지기 때문이다. 뿌리 없는, 갈 곳 없는 농담은 길치인 나처럼 우왕좌왕하기 마련이다. 웃기기만 하려는 농담처럼 최근 나는 성공만을 보고 달려온 상태였다. 내면에 뿌리가 없었던 것이다. 내가 지금 이토록 공허한 것은 뿌리가 사라졌기 때문이 아닐까.

지난 설 연휴, 오랜만에 할머니 집에 방문한 뒤 예상치 못한 이유로 마음속에 뿌리가 자라기 시작했다. 우연히 내가 태어나기 전에 돌아가신 할아버지의 앨범을 발견했는데, 앨범엔 할아버지가 손수 쓴 시와 일기가 빼곡하게 꽂혀 있었다. 작은아버지는 내게 말씀하셨다. 지금 너의 재능은 할아버지와 너의 아버지의 피를 이어받은 거라고. 이상하게 그 말에 큰 위로를 받았다. 내가 어디서 뚝 떨어진 것이 아닌, 유구한 과거의 누군가와 연결돼 있는 기분이었다. 그렇게 나에게도 뿌리가 생겼다. '왜'라는 존재론적 의문에 답이 생긴 것이다. 미래만 보고 달려온 내가 먼 과거의 존재에게 위안받다니. 이거 참 웃긴 일이다.

주저하는 코미디언들을 위해

나는 코미디 외에도 몇몇 예술 장르를 사랑한다. 리히텐슈타인의 팝아트, 오스카 피터슨의 재즈, 비비 킹의 블루스, 그리고 인디밴드(이제 너무 유명해서 인디 밴드라고 불러도 되나 싶지만) 검정치마와 잔나비 등등. 좁고 얕은 견문으로 예술에 대해 이렇다 저렇다 말할 입장은 안 되지만 그저 좋으면 좋아서 아름다우면 아름다워서 즐기는 게 예술 아니겠는가. 나는 만화적인 걸 좋아하고 즉흥적인 걸 사랑하며 환상적인 데 매료 된다. 달리 말해 나는 현실적인 것에 그다지 흥미가 없 는 편이다. 그래서 코미디에 빠진 걸지도 모른다. 코미디 중에서도 일상적인 공감을 활용하는 개그가 아닌 맥락 없고 도발적인, 내용이 점점 우주 끝까지 치닫는 재즈 같은 장르를 나는 사랑한 것이다.

공감에 기생하는 코미디 따위 하지 않을 거야.

패기 넘치던 막내 작가 시절, 스스로 다짐했다. 일종의 희한한 가치관이었는데, 그때의 나는 기발함을 자랑하는 일본 코미디의 영향을 막대하게 받았으니 그럴 만도 했다. 특별한 아이디어 없이 오로지 공감에만 호소하는 코미디를 배척했다(그러거나 말거나 세상에는 아무런 영향이 없었지만). 그때의 내가 요즘 잘 나가는 코미디, 그러니까 최근 유튜브에서 흥행하는 '스케치 코미디'를 봤다면 속으로 엄청난 불만을 터뜨렸을 것이다.

하이퍼 리얼리즘? 그냥 관찰력이 좋을 뿐이잖아. 현실을 그대로 재현해내는 게 무슨 코미디야?

소소하게 웃길 뿐이지 폭발적인 웃음은 어디 갔는데?

하지만 세상은 변하고 대중들의 기호도 시시각각 변한다. 업계 종사자와 코미디언은 거기에 따라갈 수밖에 없다. 나 혼자 좋아하는 코미디가 무슨 소용인가. 요즘 들어 탄탄한 조회수를 자랑하는 스케치 코미디는 TV의 공개 코미디와 시트콤을 영리하게 대체했고 강력한 콘텐츠 중 하나로 부상했다. 업계에서는 이런 현실적인 개그를 흔히 '땅에 발을 붙인다'라고 표현한다. 반대 개념의 코미디를 '떠 있다'라고 한다. 시청자나 관객이 한 번에 이해하지 못할 때 쓰는 표현이다. 우리나라에서는 시쳇말로 '병맛'이라고 한다. 주로 일본 쪽에서 이런 '떠 있는 코미디'를 많이 하는데, 만약 같은 내용을 지금 한국에서 한다면 외면받을 확률이 농후할 것이다. 코미디에는 정답이 없다지만 바다를 건너면 정답이 달라질 수 있다는 것이다.

이른바 '정' 문화 때문일까? 공감대를 기반으로 하

나가 되는 그 느낌을 좋아하는 걸까? 하이퍼 리얼리즘은 이제 한국 코미디의 메이저 장르가 되었다. 공감에 기생하지 않겠다고 패기 어린 선언을 한 예전의 나는 이제 패배를 인정해야 마땅하다. 최근까지도 나는 '하이퍼 리얼리즘이 뭐가 웃겨?'라고 생각했다. '이것은 코미디나 시트콤이 아니라 재밌는 다큐 아냐?' 하며 투정을 부렸다. 그러나 장르는 항상 발전하듯이, 하이퍼 리얼리즘에 내가 좋아하는 '병맛'이 조금씩 섞이면서 한국식 코미디는 점점 독자적인 개성을 드러내기 시작했다. 결국 내가 틀린 것이다. 코미디는 적절히 떠 있으면서, 동시에 적절히 붙어 있어야만 한다. 땅에 붙어 있기만 하면 재밌지만 웃기지 않고, 너무 떠 있으면 재미는커녕 이해를 받을 수 없을 테니까.

하지만 코미디언들은 태생적으로 강력한 웃음을 추구하는 사람이다. 자연스럽게 떠 있는 코미디를 하도록 설계돼 있다는 것이다. 그들은 지독한 예술가처럼 웃음 그 하나에 집착하기 때문에 그들만의 세계에 푹 빠져버릴 때도 있다. 내가 작년에 했던 코미디 프로그램의 '원숭이 교미 사건'이 적절한 예시일 것이다. 공감에 기반한 현실적인 코미디는 안전하지만 웃음의 강도는 비교적 약할 수밖에 없고, 아이디어에 기반한 떠 있는 코미디는 강력하게 웃길 수 있지만 위험하다. 정직한 로우 리스크 로우 리턴, 하이 리스크 하이 리턴인 것이다. 원숭이 교미는 다분히 후자 쪽이었다.

원숭이 교미 사건은 작년에 했던 코미디 서바이벌 프로그램에서 벌어진 일이었다. 코미디언들이 팀을 이루어 콩트로 누가 더 웃긴지 대결을 벌이는 코너가 있었다. 그중 가장 트렌디한 코미디를 선도하는 한 팀의 콩트 내용은 다음과 같았다. 무리의 우두머리인 대장 원숭이 앞에서 서열 낮은 두 마리의 원숭이가 몰래 순간적으로 짝짓기를 벌이는 것. 내용은 아주 단순했고 결과는 좋지 않았다. 몇몇 대중들로부터 질타를 받았고 해당 팀은 서바이벌에서 가장 빨리 탈락하게 됐다.

이 사건은 코미디언이 나쁜 마음을 갖고 있어서 일어난 일이 아니다. 그저 더 웃기고 싶고 새롭게 웃기고 싶은 마음에서 비롯된 것이다. 같은 상황에서 연출만 조금 다르게 했어도 아예 다른 그림이 나왔을지도 모른다. 긴장감 넘치는 음악을 깔아 서열 낮은 원숭이들로부터 페이소스를 느끼게 한다든가, 아주 느린 슬로 모션으로 행동을 처리해 시각적인 수위를 낮출 수도 있었을 것이다.

코미디언들은 사람의 감정 중 하나인 웃음을 자유자재로 다루면서 동시에 발 하나 잘못 디디면 분노를 불러일으키기도 한다. 서바이벌 프로그램의 쉬는 시간, 코미디언들이 삼삼오오 모여 담배를 피우고 있는 것을 목격한 적이 있다. 그들은 우스꽝스러운 분장을 한 채 진지한 얼굴로 담배를 피우고 있었다. 단 하나의 목표. 웃기기 위해 바닥까지 우스워질 각오를 한 그들의 모습은 진정으로 멋있었다.

코미디는 가장 위험한 예술이다. 하이 리스크, 로우 리턴. 농담의 선이 사람마다 다르게 그어져 있다는 게 가장 어려운 점이다. 나 또한 아무것도 모르던 막내 작가 시절 때는 그저 웃긴 것만 생각하면 됐으니 참 간편했다. 선을 넘어가는 것은 선배들이 알아서 걸러줬으니까. 웃기는 일이란 어렵다. 우습지 않으면서 불편하지 않게 웃기는 건 훨씬 더 어렵다.

코미디언들은 강가에 내놓은 아이 같다. 본능에 충실하고 모험심이 넘치는 그 아이는 기어코 강가에 발을 빠뜨리고 싶어 한다. 작가는 '어어, 거긴 위험한데!'라고 조바심을 내면서도 막상 그들이 강가(선)에 발을 담그지 않으면 그것대로 또 서운하다.

수위와 선 때문에 주저하는 코미디언들에게 심심한 위로를 보내고 싶다. 하지만 이렇게 생각할 수도 있다. 코미디언은 인간의 감정을, 웃음과 슬픔을 마음대로 움직일 수 있다. 얼마나 멋진 직업인가. 세상에서 가장 멋질지도 모른다. 아름다운 강가에서 그들은 깊은 슬픔도 웃음으로 승화시킬 수 있다. 하지만 위태로운 강가에서 그들은 사람들의 분노의 질타를 받을 때도 있다. 코미디언은 그러니까, 희로애락을 관장하는 직업일지도 모른다. 어쩌면 코미디언은 신과 가장 가까운 직업이 아닐까?

농담의 명제

농담이란 때론 거칠지만 대상을 대하는 가장 다정한 방식이다.

다시 또 만담

나는 미리 계획 세우는 것을 좋아한다. 그 계획이 란 90퍼센트 이상 '일'에 관련된 것들이다. 일이 없으 면 불안감을 느끼는지 일 자체에 안정감을 얻는지 나 도 나를 잘 모르겠지만, 만약 하반기 스케줄이 비어 있 다면 어떻게 해서든 그 공간을 일로 채워야 마음이 편 해졌다.

봄이 올랑 말랑 하던 즈음 남은 한 해의 계획을 세 우던 참이었다. 물론 계획표에 '양양해수욕장 가서 서 핑하기'나 '마추픽추 보러 가기' 같은 것들은 없었다. 무조건 일이다. 3월부터 7월까지는 예능 프로그램, 그리고 에세이와 웹소설 집필로 풍요로운 일거리가 가득 차 있었다. 하지만 하반기가 문제였다. 그때쯤이면 예능과 에세이 집필도 끝났을 것이고, 웹소설 또한 좋은 반응이 나온다는 보장이 없었다. 프리랜서라는 숙명 때문인지 나는 항상 리스크에 예민하게 반응했다. 이대로라면 한창 여름이 시작될 쯤 아무 일도 없는 채로 허둥대고 있을 지도 모를 판이었다. 그것은 나에게 형벌이었다. 돈이 문제가 아니었다. 텅 빈 스케줄은 텅 빈 자아를 의미하는 것 같았다. 나는 '여유'를 '불안'으로 해석하는 사람이었다.

그때 내 마음에 불을 지피는 게시물을 발견했다. 평소 즐겨보던 '메타코미디'라는 코미디 레이블의 SNS 계정이었다. 게시물의 주제는 '만담 오디션'. 한국에서 명맥이 끊겼던 만담에 도전해볼 사람을 공개적으로 뽑는다는 내용이었다. 만담이라니, 일본 만담 코미디를 보고선 나도 해보겠다며 무식하게 서울로 올라왔던 일이 떠올랐다. 그때 찾아볼 수 있는 한국의 만담 레퍼런스라고 하면 '장소팔과 고춘자' 콤비뿐이었다. 그런데 시간이 지나, 나름 코미디 작가로 10년째 활동하고 있는 나에게 만담 오디션은 만개한 벚꽃처럼 가슴 설레는 일이었다. 다시 심장이 뛰었다. 이십대 초반의 나처럼.

초심을 되찾고 묘한 해방감을 느낀 나는 먼저 만담 파트너를 구하기 시작했다. 신기하게도 파트너로서 알맞은 단 한 사람이 떠올랐다. 예전에 유튜브 키즈 채널에서 같이 일했던 피디님이었다. 마치 숙명처럼 며칠 전 그에게서 안부 연락이 오기도 했다. 나는 늘 하던 대로 스몰토크는 건너뛰고 다짜고짜 본론을 꺼냈다.

"피디님. 저랑 만담 하실래요?"

내가 봐도 너무나 뜬금없는 말이었다. 몇 년 만에 연락한 사람이 '같이 만담 할래요?' 하는 경우는 아마 챗 GPT가 계산한 경우의 수에도 포함되지 않을 것이리라. 그런데 웬걸, 이 사람도 정상은 아니었다. 그가 재밌겠다며 만담을 하겠다고 흔쾌히 승낙한 것이다. 모든 일이 결정되기까지 한 시간도 채 걸리지 않았다. 나야 일본 만담으로 코미디에 입문해 그 꿈이 있다지만, 이 피디님은 대체 뭘까. 그는 영화를 전공했고, 심지어 현재 신분은 대학원생이었다. 그런데 갑자기 만담을 하겠다고? 참 이상하고 특이하다. 역시, 난 (이상한) 사람을 보는 안목이 있는 모양이다.

그렇게 12년 전에는 구하지 못했던 만담 파트너를 너무도 쉽게 구했다. 우리에게 주어진 시간은 3주. 오디션 날까지 5분짜리 만담 하나를 준비해야 했다. 미리 지원서를 접수할 수 있었지만 그렇게 하지 않았다. 내심 확신이 없었기 때문이었다. 이제 와서 만담 오디션이라고? 이것은 개그맨 지망생이 되는 것과 다를 바가 없는 일이었다. 그때까지 나는 빠져나갈 구멍을 만들어놓고 비겁하게 나를 완전히 내려놓지 못한 것이다. 무엇보다 두려움이 앞섰다. 나는 이제 엄연히 작가였다. 처음엔 개그맨이 되고 싶었지만 연기가 형편없었고, 그 이후 작가로서 이런저런 굴곡을 겪으며 살아왔다. 그러니까 연기 실력은 12년 전 그대로란 뜻이었다. '플레이어로서의 두려움'이 나를 작아지게 만들었다. 목소리에 대한 콤플렉스가 또 다시 나를 짓눌렀다. 작고 불분명한 목소리, 초등학생 때부터 나를 졸졸 따라온 콤플렉스였다. 나는 이것을 20년 동안 피해 다녔다. 하지만 더 이상 회피할 수 없었다. 이제는 콤플렉스와 똑바로 마주할 시간이었다.

스피치 학원을 찾아갔다. 만담이라는 장르에는 어느 정도 상식이 있었기에 대본 쓸 자신은 있었다. 그것을 발설할 또렷한 목소리가 절실했다. 1회 한 시간에 무려 20만 원이었다. 이걸 진짜 들어, 말어? 고작 오디션 3주를 남겨두고 스피치 학원에 간다는 게 조금 웃겼다. 다른 지원자들은 한창 아이디어를 짜고 있을 시간에 '목소리 올바르게 내는 법'을 배우러 왔으니 말이다. 하지만 나는 남들과 달랐다. 그동안 메모해놓은 온갖 재미있는 아이디어를 글로서 분출하는 것은 한계가 있었다. 일종의 욕구불만이랄까. 아이디어를 전달해줄 목소리만 낼 수 있다면 세상을 거머쥘 수 있을 것만 같았다. 12년 전 심연 속으로 굴러들어간 그 꿈을 이루고 싶었다. 그리고 이번이 마지막이란 심정이었다. 무엇인가에 초보자의 신분으로 도전 한다는 것은 정말로 이번이 마지막일 가능성이 컸다.

일은 순리대로 진행되었다. 연습이 줄곧 잘 풀렸다는 뜻은 아니었지만 노력이 오롯이 결과에 반영되는 느낌이었다. 회의 장소를 구하기가 꽤 어려웠는데(대사를 뱉으면서 대본 회의가 진행되기 때문에 소음이 유발된다), 어느 날은 그냥 모텔을 갈까 생각하기도 했다. 하지만 그건 모양새가 이상해서 관뒀다. 남자 둘이 모텔에 들어가 입(대사)을 맞춘다는 것은 아무래도 이상했다(이 표현도 이상하다). 그래서 어느 날은 형이 다니는 대학원 건물의 빈 강의실에 몰래 들어가 회의를 하기도 했다. 대학교를 가지 않은 나로서는 이것이 대학교에서의 첫 경험이었다(이것도 표현이 이상하다).

각자 대본을 써와 좋은 부분을 병합하고, 일부를 발췌하고, 고치고 또 고쳤다. 만담 대본은 둘 다 난생처음 써보는 것이었지만 신이 났다. 여기서 신이 났다 정말이지 살아 있다는 기분이었다. 인생이 반복되는 재방송이 아니라 라이브로 진행되는 듯했다. 그래서 일은 계속 순리대로 진행되었다. 회의가 안 풀려도 고되지 않았고, 우리가 쏟은 시간에 비례해 결과가 나타났다. 그렇게 우리는 5분짜리 대본 하나를 완성했고 어느덧 오디션 전날이었다.

　무대에 선다는 사실이 심장을 뛰게 했다. 설렘이 아니라 긴장감이었다. 무대 아래에서 글을 쓰는 것과 무대 위의 플레이어가 된다는 것은 전혀 다른 개념이었다. 대사의 결도 (전업) 작가였을 때와는 살짝 다르게 나왔다. 내가 뱉는 말이니 나의 말투에 맞는 자연스러운 구어체로 쓰여졌다. 결과와 상관없이 작가로서 또 하나의 세계를 배운 것이기도 했다. 연기를 하며 나는 벌거벗은 채로 서 있는 것과 같았다. 우리의 객관적인 모습을 파악하기 위해 핸드폰으로 만담하는 영상을 찍었는데, 그야말로 최악이었다.

　왜 이렇게 뻣뻣하지?

우와, 자세는 또 왜 저래?

말을 되게 못하네. 잘 들리지도 않아.

어휴, 진짜 못 봐주겠다.

스스로를 인격 모독하는 일이 자동적으로 일어났다. 큰일이었다. 내일이 오디션인데 이런 수준으로는 택도 없을 것이었다. 파트너 형은 연기가 자연스러웠는데 내가 문제였다. 대본은 나름 괜찮게 나와서 자신감이 충만했는데, 가장 중요한 연기가 발목을 잡았다. 비상사태였다. 하지만 어디 지름길도 없기에 그저 맞서는 수밖에 없었다. 우리는 열 번 넘게 우리의 모습을 촬영했다. 끝나고는 카페에서 샌드위치로 저녁을 때우며 긴급 수정에 들어갔다. 연기하지 못하는 부분을 아예 날려버리자는 현실적인 방안이었다. 일부분을 제거하니 되레 대본은 더욱 쫀쫀하게 변했다. 그렇게 뜯어고친 최종 대본은 보다 간결해졌고 웃음의 밀도도 높았다. 위기 속에 기회가 있던 것이다.

　　드디어 오디션 당일. 몇 시간 일찍 모인 우리는 최

종고로 다시 한번 만담 연습에 돌입했다. 물론 핸드폰으로 녹화를 하면서. 다시 또 열 번 넘게 우리의 모습을 객관적으로 바라보았다. 신기하게도 점차 나아져 갔다. 무엇보다 맨 처음 동영상 속 나 자신을 바라봤을 때와는 다르게 나름대로 화면 속 내 모습이 봐줄만 했다. 잘한다는 것이 아니라 적어도 최악은 아니라는 뜻이었다. 그렇게 점점 시간은 다가왔고, 우리는 대본 없이 기계적으로 모든 대사가 자동으로 튀어나오는 수준에 이르렀다. 후회는 없었다. 3주를 말 그대로 불태웠으니까.

　마침내 우리는 홍대의 오디션장으로 향했다. 격식을 차린 파트너 형은 무려 정장을 빼입고 걸어갔다. 웃기러 가는 사람의 비장함과 옷이 주는 불균형감이 보기만 해도 웃겼다. 그냥 대학원생이 10년 동안 코미디를 한 나보다 더 웃기다니. 걸어가는 동안에도 형과 대사를 주고받으며 내심 좋은 예감이 들었다. 설렘과 긴장감이 뒤엉킨, 기분 좋은 직감이었다. 이번엔 될 수도 있다. 그렇게 우리 둘은 오디션장에 도착했다. 대기실에

서 우리는 아이돌 오디션처럼 다른 참여자들과 함께 차
례를 기다렸다. 벽면에 붙은 참가자 순서를 보니 중간
정도에 '제로코미디'가 적혀 있었다. 제로코미디, 우리
팀의 이름이었다. 팀명을 뭐로 할까 궁리하던 도중, 책
상 위에 있던 제로 사이다를 보고 착안한 이름이었다.
불순물 제로의 웃음 순도 백 퍼센트 제로코미디. 마침
내 우리 차례가 됐다. 대기실에서 무대 뒤편으로 이동
한 우리는 연습은 할 만큼 했다며 오히려 홀가분했다.

"제로코미디 팀 나와주세요."

심사위원석에 앉아 있는 개그맨 중 한 명이 우리
를 불렀다. 우리는 무대 위로 올라갔다. 긴장되지 않았
냐고? 차원이 달랐다. 무대의 부담감은 연습과 격이 달
랐다. 덜 떨기 위해 안경까지 벗고 나왔건만 손과 다리
가 떨리기 시작했다. 흐릿한 시야 앞에 열 명이 넘는 심
사위원이 앉아 있는 광경. 난생처음 서보는 무대. 만담
오디션답게 우리 둘 사이에 있는 스탠딩 마이크. 이 모

든 게 잔상처럼 스쳐 지나갔다. 그 위에서는 생각할 틈 조차 없었다. 그저 연습한 대로 기계적으로 대사를 읊을 뿐. 다행히 도입부에서부터 웃음이 터졌다. 사실 기대하지도 않던 부분이었는데 스타트가 좋았다. 기세를 몰아 수십 번도 연습한 만담을 이어가던 그때였다.

'잠깐. 여기서 대사 뭐였더라……?'

중간 대사가 기억나지 않아 잠시 무대 위에 멍하니 서 있었다. 대략 3초 정도였는데 체감 시간은 10초도 넘은 것 같았다. 급한 대로 대본의 중간 부분을 한 구다리(파트) 건너뛰었다. 무대 위에서 되감기 따윈 없었다. 오직 전진뿐, 엔딩을 향해 달려가야만 했다. 너무 긴장한 나머지 언제부턴가 시선은 오직 파트너 형만을 향했고 손은 덜덜 떨렸다. 작가와 달리 코미디언은 동물의 영역이었다. 체화하지 않으면 살아남지 못한다. 그토록 연습하지 않았다면 절대로 이 무대를 끝내지 못했을 것이다. 고작 5분의 만담을 위해 우리 둘은 얼마나 열정적인 시간을 보냈는가. 이 5분을 위해 나는 12년을 돌아왔다. 이제는 꿈을 이룰 시간이다.

만담, 두 사람이 절묘한 합을 맞춰 주고받는 대화. 나는 어쩌면 코미디를 꿈꾸던 12년 전의 나와 만담을 주고받았는지도 모르겠다. 마치 뭔가에 빙의된 듯 무아지경에 이르렀으니까.

어떤 꿈은 10년을 걸쳐 싹을 틔운다.

벚꽃이 만개한 4월이었다. 만담 오디션 합격 소식을 듣고 홍대에 있는 사옥에 찾아갔다. 그곳엔 우리를 포함한 대여섯 정도의 합격 팀이 있었다. 오디션 때 본 만담에 대한 피드백을 받은 뒤, 만약 준비가 되면 무대에 설 수도 있다는 소식을 들었다. 관객에게 돈을 받고 무대에 선다는 것, 그것은 프로의 세계에 입문한다는 뜻이었다. 작가로 살다가 갑자기 만담가라니. 수줍어서 말도 못 하고 목소리도 작던 그 아이가 만담이라니.

인생은 참 재미있고 오묘하다.

올여름은 뜨거울 것 같다.

마지막 농담

내 어릴 적 꿈은 우주인이었어요.

멋진 우주선을 타고 까마득한 우주로 나가는 일은 상상보다 더 상상 같은 일이잖아요.

속절없이 시간은 흘렀고, 내 키는 한참이나 자랐지만 우주와는 더욱 멀어졌어요. 돈과 명예가 뭐라고, 비범해지고 싶어 그저 일에 파묻혀 지냈죠. 밤하늘의 별이라든가, 지나가는 지하철 그런 것들에는 언젠가던가 눈길조차 주지 않았어요.

어느덧 할머니보다 아빠의 흰머리가 더욱 희끗합니다. 엄마는 없고, 할머니는 말라가고, 내 일은 그럭저럭 풀려갑니다. 아이러니하게도 나이를 먹을수록 남들처럼 살고 싶어져요. 결혼도 하고 자식도 낳고 농담도 만들며 아주 평범하게요. 비범해지고 싶었던 내가 사실은 그 누구보다 범인이 되고 싶었던 것입니다. 행복은 평범함에 숨어 있었는데, 저는 이렇게 먼 길을 빙빙 돌아왔어요.

엄마, 그렇게 걱정하시던 것과는 다르게 저는 지금 농담으로 밥 벌어먹고 삽니다. 진정한 걸음마는 엄마가 죽고 나서야 시작했지만 이 정도면 성공한 거죠. 마침내, 그렇게 긴 시간을 겪고, 홀로서기에 다다랐습니다. 나는 이제 가족을 만들고 싶어요. 제가 어릴 적 느꼈던 그 온전함을 다시 느낄 수 있을까요?

나는 지금도 우주에 가보고 싶어요.
별이 된 엄마에게 마지막 농담 하나를 들려줄 수

도 있잖아요. 평생을 다듬은 마지막 농담은 얼마나 재미있을지 기대되지 않으신가요? 우주에선 소리가 전달되지 않는다던데 엄마에게만 살짝 들리게끔 속삭여볼게요. 어떤 농담이냐면……

엄마 없는 농담

ⓒ 김현민, 2024

초판 1쇄 발행 2024년 6월 26일

지은이 김현민

펴낸곳 (주)안온북스 **펴낸이** 서효인·이정미
출판등록 2021년 1월 5일 제2021-000003호
주소 서울시 마포구 월드컵로14길 28 301호
전화 02-6941-1856(7) **홈페이지** www.anonbooks.net
인스타그램 @anonbooks_publishing
디자인 오혜진 **제작** 제이오

ISBN 979-11-92638-39-3 (03810)

| 이 책의 내용을 재사용하려면 반드시 사전에 저작권자와 (주)안온북스의 서면 동의를 받아야 합니다.
| 인쇄, 제작 및 유통 과정에서의 파본 도서는 구입처에서 교환해드립니다.